私の居場所はここじゃない

安部若菜

This is not
where I belong

Wakana Abe

角川書店

Contents

装画　ふすい
装丁　bookwall

プロローグ

Prologue

私の居場所はここじゃない。

いつからか頭をもたげたそんな考えが、べったりと黒いシミみたいにこびりついて離れない。

くらくらするような暖房の熱が明るい部屋中に満ちている。吐き出す声が、クリーム色をした防音の分厚い壁に吸い込まれて消えていった。

「しっかり腹式呼吸を意識して！　口もちゃんと開けて、体全体を一つの楽器だと思って！」

あ、え、い、う、え、お、あ、お。

意味のない音を繰り返し発音する。青春まっさかりの中高生十数人が、何も疑わず、必死に声を出している。鏡に映ったそんな自分たちが滑稽《こっけい》で、またいつもの考えに取り憑《つ》かれた。

私の居場所はここじゃない。何か運命的な出会いがあって、夢中になれる何かを見つけて、ずっとそこにいてもいいと思えるような居場所が、きっといつか見つかる。

「莉子《りこ》、腹式呼吸が全然出来てない。基礎の基礎すら出来なくてどうするの？　これが出来なきゃスタートラインにすら立てないよ」

「すみません！　頑張ります！」

「あとつむぎ、声が小さい！　経験者でしょ？」

「すみません」

経験者だからって皆から距離を置かれても、ひっつめ髪の先生に叱られても、立ち向かって頑張ろうと思えるような場所が、きっと見つかる。

「これは皆共通だけど……。どんな風に時間を過ごしても、その日は絶対平等にやってくる。だから悔いのないように時間を使いなさい」

「はい！」

ぴかぴかで、シミ一つ無いようなビルの中、その希望に影が差さないよう、私も皆に合わせて大声を出した。望んで来たはずのこの場所も、今じゃ水の中みたいに息苦しい。

でも4ヶ月後、3月25日に開催されるオーディションに合格すれば、きっと新しい居場所に出会える。それまでは、ただこの空間をやり過ごせばいい。耐えて、耐えて、練習して、もう一度新しくやり直そう。

でも、それも自分の居場所じゃなかったら？

頭をもたげた闇をかき消すように、渇いた喉《のど》に冷たいペットボトルの水を流し込んだ。

丸山莉子

Riko Maruyama

『応募書類を拝見させて頂きました。丸山《まるやま》様には非常に才能を感じておりまして、ぜひ直接会ってお話しさせて頂ければと思います』

放課後、そんな詐欺みたいな電話をかけてきたのは、紛れもなく大手芸能事務所『スターターズ』だった。心愛《ここあ》と真奈《まな》と、いつものように駅前のハンバーガーチェーン店で駄弁《だべ》っていた時、見知らぬ番号から電話がかかってきたのだ。

「ねえ今の電話『スターターズ』からだったんだけど」

興味津々といった様子でテーブルに身を乗り出して聞き耳を立てていた2人にそう告げると、きゃあっ！　と花が咲いたような歓声を上げた。特に真奈は前に3人でライブに行った時と同じくらいのはしゃぎっぷりで、ゆるく巻いて低い位置で2つに結んだ髪をぶんぶんと揺らす。

「すごい！　莉子、オーディション受かったってこと？　3人で送ったのに莉子だけじゃん！　うちらも電話来たりするのかな？」

「心愛が応募してあげたお陰じゃない？」

4人がけのテーブルできゃいきゃいとはしゃぐ私たちをうるさそうに見る隣のテーブルの女性と目が合ってしまった。気まずくてすぐに視線を落としたが、その視界の端で女性が席を立ったのが分かった。

「で、どういう電話だったの？」

そんなことに気づきもせず一層テーブルに身を乗り出す真奈に意識を戻す。少しだけアンバランスなテーブルががたんと傾いた。

高校に入学して仲良くなれた、いわゆる「一軍」の2人。真奈とは中学のバド部で一緒だった。真奈は部活でも目立つグループであまり話したことはなかったけど、新しいクラスに同じ中学出身の子が私しかいなくて、真奈から話しかけてきてくれた。自然と2人でいたら、気づいたら心愛も一緒になっていた。

2人といる時間は高校生活最初の秋を迎えても楽しいことばかりだった。新しいブレザーに袖《そで》を通して、3人お揃いのキャラメル色のカーディガン（本当は明るい色は校則違反だけど）を羽織って、寒くてもスカートのウエストは2回折る。中学の時は特別目立つ方でもなかった私がこうして2人と一緒にいられて、憧《あこが》れていた以上の高校生活、夢見ていた「青春」だった。そこにこの知らせだ。

「いやほんと、私なんかが受かるなんて……。でも電話自体は、とりあえず来てみたいな感じでよく分かんないの」

何それ、意味分かんなすぎない？　と2人は笑い転げる。楽しいな、とポテトを一口食べて思う。店内に流れるカフェミュージックに体が揺れる。

「スターターズのアイドルオーディションに応募したんだから、そういうことだよね？　莉子アイドルになるの？　やばくない？」

真奈は私よりもはしゃいでころころと表情を変える。人懐っこくてミーハーなところも愛嬌《あいきょう》があって真奈の可愛いところだ。心愛はクールな表情を崩さず、つやつやと波打つ髪をいじりながら相槌《あいづち》を打っている。毎朝わざわざ髪をセットするなんて私には真似出来なくて、いつもおしゃれな心愛を本当にすごいと思う。

心愛は情報にも早くて、2週間くらい前、ネットで大手事務所『スターターズ』の新アイドルオーディションを見つけてきた。その場のノリで写真を撮って「小さい頃からアイドルになるのが夢でした！」なんて嘘を並べて3人とも応募したけど、まさか私が受かるなんて夢にも思わなかった。

「いやいや、まだ審査とかあるだろうし……」

いつも2人の後を追っているのに、今日は自分が話題の中心にいるのも嬉《うれ》しくて、つい口元が緩みっぱなしになってしまう。お店の2階席に差し込む夕陽に目を細め、私は少しだけ2人から顔を逸《そ》らした。近くを走る電車が地面を揺らす。

真奈からの「莉子もロング似合いそう！」って一言に影響されて春から伸ばし始めた髪もすっかり胸まで伸びた。怒られるのが怖くて私だけまだ黒いままの髪も、今が染めどきなのかもしれない。この間まで暑かった気がするのに、駅の周りに遠慮がちに伸びる木はすっかり赤や黄色に色づき始めている。

真奈の手がポテトの最後の1本に伸びた時、私は胸の奥にあった重大なことを口に出す。

「……スターターズってさ、B5が所属してるとこだよね」

その一言にまたひと盛り上がりして、そのまま話題は今私たちが夢中の男性アイドルグループ『B5』に移り変わる。

B5は高校生を中心にすごく流行《はや》ってるって心愛に教えてもらって、動画で見たレオ君のウインクにすぐに撃ち抜かれた。ドームライブも奇跡的にチケットが取れて夏休みに3人で行ったし、韓国っぽい曲や雰囲気がたまらなくかっこいい。

同じ事務所なら、推しのレオ君に会えるかも。話すようになって仲良くなって……。オレンジに染まる店内で、そんな妄想がシャボン玉みたいに浮かんでは消えていく。夢から醒《さ》めないまま、約束の週末はすぐにやってきた。

鏡に映る私は、いつもよりちょっと可愛い気がする。リップも新しいのを買ったし、あれから数日はお菓子も我慢した。パパが珍しく持って帰ってきたケーキは食べちゃったけど。

でも数秒ごとに不安になる。私って可愛いのかな？　今まで容姿を褒められるようなタイプじゃなかったし、心愛や真奈は綺麗《きれい》な二重だけど、私はそうじゃない。心愛に教えてもらったアイプチでの二重の作り方を、もっと練習しておくんだった。

余裕を持って準備を始めたのに、結局時間ギリギリに家を飛び出した。11月になってもまだ20度を超えていて、夕方でも東京は薄着の女の子ばかり歩いている。私も、真奈の「絶対脚出した方がいいよ！」という言葉通り、ミニのニットワンピースにショートブーツを履いて、動画を見ながら頑張って髪も巻いた。心臓が飛び出しそうなくらい緊張するけど、スカートを揺らす風が気持ちよくて、アップテンポなＢ５の音楽に心が弾む。５人の存在がどんどん近づいている気がして、自然と口角も上がった。

駅から少し離れたところにある大きなビルの前に立ち、小さく息を整える。入り口の両脇には、出迎えるみたいにまだ細い木が植えられていた。

脇の下は汗ばんでいるのに手先はやたらと冷たくて、火照った頬に手を当てると気持ちが引き締まる気がした。今更湧いてきた現実感に少しだけ引き返したくなる。

時間にはまだ5分ほど早く、躊躇《ためら》いつつ外から様子を窺《うかが》った。ガラス張りの1階は暖色のキラキラした照明に照らされている。ぎゅっとカバンの紐《ひも》を握りしめ突っ立っている私の側を、黒のスキニーパンツを穿《は》いたスラリとした綺麗な女の子がコツコツとヒールを鳴らして歩き去っていった。やっぱり私なんかが来るところじゃないのかも。鏡の前で何とか作った自信が一気に消えていく。

『入る前から超芸能人みたいな人いる……無理かも……』

『莉子なら大丈夫！　1番可愛いから！笑』

真奈からのメッセージと、心愛からのグッと親指を立てたスタンプがすぐに返ってきた。いつも通りの2人に少し和み、スマホをしまって気持ちを落ち着かせる。そうだ。これで胸を張って2人に並べるんだ。

一歩踏み出し、自動ドアをくぐってエレベーターに乗り込む。1人っきり、エレベーターの鏡で顔を念入りにチェック。集合場所の6階はレッスンスタジオのようで、ガラス張りの大きなダンススタジオが目に飛び込んできた。清潔感溢《あふ》れる白い壁に、色んな角度で照らすオレンジがかった照明、おしゃれな観葉植物に期待と緊張はピークに達する。ニットの下で、背中につうっと汗が流れた。

「丸山莉子さんですか？」

丸眼鏡の、30代前半くらいの男性に声を掛けられた。柔らかい色のゆったりとしたシャツ姿で、カフェでバリバリ仕事してそうな感じがすごくかっこいい。その男性は、ぎこちなく頷《うなず》く私に優しく微笑んで、紳士的に案内してくれる。

「お待ちしておりました。こちらへどうぞ」

通されたのはテーブルと椅子だけの部屋で、やっぱりガラス張りだった。外を歩く同い歳くらいの子が時々通りざまに覗《のぞ》いている。

出された温かい紅茶を片手に、私はすっかりのぼせ切っていた。紅茶に砂糖を入れていた時に丸眼鏡の男性が話し始め、慌てて姿勢を正す。

「この度は、書類審査にご応募頂きありがとうございました。私、スターターズ事務所の佐藤《さとう》と申します」

滑らかな動きで差し出された名刺を何度もお辞儀しながら受け取る。名刺の受け取り方も調べておくんだった。受け取った名刺をカバンに滑り込ませる。

「本来であれば、2次審査ではグループ面接、3次審査では歌唱やダンスとなるのですが、今回は、そのアイドルグループとは別枠でのご相談になります。

単刀直入に申しますと、新しいアイドルグループのオーディションとしては、残念ながらご希望に添うことが出来ませんでした。しかしこうして特別に個人的にお呼びしたのは、丸山様に多大な才能を感じたからで……」

頭が真っ白になる。アイドルに受かった訳じゃない？　特別？　才能って？　オーディションに受かるよりも良いの？　疑問符だらけの溶けきった頭では、その後に続く男性の話をすぐには理解することが出来なかった。

「……すみません、もう一度いいですか？」

「丸山様を、是非弊社の運営するスクールにお誘いしたいと思っております」

一度目と全く同じ文言を繰り返したのち、男性はにっこりとした顔のまま話を続けた。

「私ども『スターターズ』では『スターターズスクール』という芸能スクールを運営しております。スクールと申しましても、一般的なスクールとは違い、芸能事務所へ直結するオーディションがあることを売りにしていまして、入学にも厳しい審査を必要としております」

ぽかんとする私をよそに、男性は言い慣れた説明であるかのように一息で言い切ると、1冊のパンフレットを取り出してきた。準備されていたそれに、私は心の中で膨らんでいた風船がどんどんとしぼんでいくのを感じていた。昨日1時間かけて塗ったピンクのマニキュアは粗だらけで急に恥ずかしく思えて、テーブルの上で指先を丸める。佐藤さんはお構いなしに勧誘を続ける。

「本来であれば4月のオーディションに合格した、中学生から高校生の十数人の皆様にご入学いただき、翌3月に開催される弊社のオーディションに向けて1年間のレッスンを行っております。ですが丸山様には特待生として途中参加に加え、入学金もゼロにさせていただきたいと思っております」

そこからお金の話とかオーディションの話が延々と続いたけど、今日芸能人になれる訳じゃないと分かった以上心は離れていく一方で、早くこの狭苦しいガラスの部屋から解放してほしかった。このことを2人になんて言えばいいんだろう？

「とにかく、丸山様には才能を感じております。ぜひ前向きな御検討をよろしくお願いいたします」

特待生だとか、そんなことを言われると悪い気もしないけど、結局、今回呼ばれたのがいいのか悪いのかも分からないまま、1階の自動ドアの外まで見送られていた。

ウイーンと自動ドアが開くと、さっきとは全く表情を変えた空気の冷たさに驚く。空が急激に暗くなるのをかき消すように、街は昼間以上の明るさを放ち出している。室内にいたのは30分くらいだったのに、頭は催眠術をかけられたようにぼんやりしていた。

数歩進んでチラリと後ろを見ると、佐藤さんがずっと頭を下げていたから、気まずくて小走りで建物から離れる。姿が見えなくなって息を大きく吸ったら、自然と大きな欠伸《あくび》が出た。

駅の方向も分からないまま歩き出し、スマホを手に取ろうとカバンをまさぐる。スマホの四角い感触に、今日の結果の催促で溢れていそうな画面が頭に浮かび、反射的に手を引っ込めた。親のことを思うと真っ直ぐ帰る気にもなれず、あてもなくふらふらと歩き続けた。夜風に吹かれ、少しずつ頭がクリアになっていく。

芸能人になれる！　とはしゃいだ手前、スクールの勧誘をされただけなんて恥ずかしくて2人に言えない。やっぱり、私なんかがアイドルになれる訳がなかったんだ。望んだ訳でもないのに、勝手に突きつけられた現実に息が苦しくなる。

脇に見えた公園に吸い寄せられ、水の止まった噴水のへりに腰掛けた。葉の擦れる音とベンチで寄り添うカップルの笑い声だけが聞こえる雰囲気は、心愛が好きなバンドの曲がよく合いそうだ。足元からにじり寄る寒さに、昼間暖かかったからと上着を持ってこなかったことを後悔する。

醒めきった心で、さっき渡されたA4サイズのパンフレットを取り出してぱらぱらと開いてみた。吹き出しで経験談を語るぱっちりした目の女性に、また一つ、小さな自信を失う。

特待生だなんて言っても入学金以外は払わなくちゃいけないし、実はこんなのよくある勧誘なのかもしれない。本当に事務所に入っちゃうようなこの人たちと私とじゃ、きっと住む世界が違うんだ。言い聞かせるようにめくる美男美女の笑顔と期待に満ちたページの最後、「卒業生からのメッセージ」の欄に見覚えのある顔を見つけ、吸い込まれるようにその文字を追った。

「僕の人生を変えてくれた場所です！　ここでの出会い、経験が今の活動に繋《つな》がっています。迷ってるなら一歩踏み出そう！」

推しである、B5のレオ君だった。たった数十文字だったけど、1文字ごとに目が開かれていくような思いで、食い入るように何度も読み返した。レオ君があの空間にいた。あのダンススタジオで踊り、あの部屋でミーティングを重ねたかもしれない。

吹きつける風で髪が乱れても、視界にはそのパンフレットの一角しか映っていなかった。『一歩踏み出そう』ありきたりな言葉だけど、レオ君の声で再生された途端、今日スターターズに向かった時のようにまた心臓が高鳴り始める。自分でも笑えるくらい単純だけど、推しの存在は一瞬で私の心を奪った。私もレオ君がいた所にいたい！

それに、ここに通っていれば2人にも言い訳が立つし、最後のオーディションにさえ合格しちゃえば認めてもらえるかもしれない。呆《あき》れるほど前向きになった私は、しゃらしゃらと葉の擦れる音にも背中を押されている気がした。

「まあいいんじゃない？　部活もバイトもやってないんだから習い事の一つくらい」

パパの明快な一言で私の『スターズスクール』通いが決まった。翌日スクールに電話をすると、3月のオーディションまで時間がないので、と次の月曜のレッスンから見学がてら参加することになった。習い事は小学校の頃に少しやっていたピアノくらいで、今から始めるなんて不安しかない。検索履歴は『高校生から習い事　遅い』『ダンス　未経験者』そんな言葉で溢れた。

質問の回答者も両親も「高校生から始めて遅いことなんてない」って口を揃えて言うけど、高校生って何かを始めるにはそんなに若くないと思う。それでもスマホの壁紙にいるレオ君のことを考えていれば期待も不安と同じくらい高まっていった。

そしてあの日、家に帰ってから恐る恐るスマホを見たけど、2人からの連絡は特になかった。

「とりあえず今日からレッスンを受けることになったの」

翌週の学校でようやくそう切り出せたのは5時間目の終わりだった。

「すご！　まじで頑張ってね」「がんばれー」

変わらず応援してくれる真奈はともかく、心愛はスマホをいじったままで興味がなさそうだ。心愛は最近少し不機嫌な気がする。何かしちゃった？　自分の行動を必死に思い返してみても心当たりはなくて、ただ教室の隙間風にぎゅっと体を縮こめることしか出来なかった。

絶対に、オーディションに合格しよう。そうしたら今度こそ胸を張って2人に並べる。

学校が終わって、18時からのレッスンのため、制服のまま電車を乗り継いでスタジオに向かった。朝のニュースで本格的な冬が来ると言っていた通り、スカートを吹き抜けていく風は数日前よりうんと冷たく、這《は》い上がるように太ものつけ根まで冷やされていく。

持参するよう言われた運動着と室内履きでパンパンの紙袋を提げて、再びあのビルの前に立った。陽が沈んでより存在感を増すその明るさにぎゅっと荷物を抱えてしまったけど、何度もイメトレした通り、エレベーターから降りてすぐ、受付の女性に元気に挨拶《あいさつ》した。

「こんばんは！　丸山莉子です！」

黒のタートルネックを着た女性は「よろしくお願いします」とにこやかに案内してくれる。長い髪をヘアクリップで緩くまとめていて、気取っていないのにすごくおしゃれ。はらりと肩に落ちた数本の毛束さえも計算みたいで、素敵な大人の女性になんだかドギマギしてしまった。

施設のことやルールをざっくり説明してくれる背中をピッタリと追う。あちこち見たかったけど、キョロキョロしたらみっともないと思って目線だけで偵察した。「着替えはこちらです」と案内された女子更衣室では5人が着替えている最中で、すれ違いざまに視線を感じた。

「これ、名札です。レッスンの時は毎回つける決まりになっているので、卒業までなくさないように気をつけてくださいね。じゃあ着替えて準備が出来たらダンススタジオに来てください」

渡された名札は、クリアケースに入った名刺サイズの紙に『丸山莉子』と書かれていて、首から掛けられるよう黄色い紐が付いていた。

4桁《けた》の暗証番号付きのロッカーに荷物を置き、家にあったB5のライブTシャツと、左《ひだり》腿《もも》の付け根に『丸山』と名前の入った体操服の青いジャージに着替える。家にあった運動着はこれくらいしかなくて深く考えずに持ってきたけど、周りの子たちがピッタリとしたヘソ出しのトップスを着たり裾《すそ》のたっぷりとした「ダンスっぽい」パンツを穿いているのを見て、検索履歴の「遅い」の文字が頭に蘇《よみがえ》る。

今日は90分のダンスレッスンだ。ガラス張りのスタジオでは、十数名がストレッチをしていた。同じく透明なガラスの扉をそうっと開けて中に入る。この「総合アーティスト養成コース」は倍率も値段も1番高く、中学生から高校生まで通えるらしい。入学出来るだけでもエリート！　なんて記事も前に見かけて悪い気はしない。

周りの面々が直接でなく鏡越しに、見定めるようにこちらを窺っているのが伝わる。緊張や不慣れが伝わらないように、壁にかけられた時計を眺めながら適当に首を伸ばしたり、足首をブラブラさせたりしながら開始時間を待った。

室内履きとして持ってきた体育館シューズの紐を両足とも結び直したとき、ダンスの先生らしきチャラい男性と、さっきの受付のお姉さんが入ってきた。目線がそちらに集中したところで、お姉さんが私を手招きしてこう切り出す。

「今日から参加することになった丸山莉子さんです。皆さんは是非先輩として色々教えてあげてくださいね」

「よ、よろしくお願いします」

しんとした広い部屋に、空調の音が大きく聞こえる。何の準備もしていなかったから、それだけ言って頭を下げるのが精一杯だった。突き刺さるような視線が痛い。

「じゃあアイソレからやっていきましょう。莉子は今日は適当に真似してみて」

30代くらいの、キャップを被《かぶ》った「いかにも」ダンサーな先生は、息の詰まる張りつめた空気を打ち消すかのようにパンパンと手を叩《たた》きレッスンを始めた。

後から知ったけど、アイソレっていうのはアイソレーションの略で、首とか胸とか、体の一部だけを動かすダンスの基本動作らしい。そんなことも分からないまま、ヒップホップの音楽に合わせて皆が「いつもの」練習を進めていく。私はとにかく必死に動きを真似するけど、やっぱり初心者の私が追いつけるわけもなく、焦りで視界はどんどんと狭くなっていった。

ふいに、体育のダンスの授業でうまく踊れずテンパっていたクラスの女の子を思い出す。言い出したのは、いつも通り心愛だった。

「ダサすぎて見てらんなくない？」

やめなよ、なんて言いながらも真奈は必死に声を殺すように笑っていた。私たちのグループはSNSで流行っているような簡単なダンスを選んだから楽だったし、あの時は私も一緒になって笑っていた。鏡に映る自分があの子に重なる。ここに私を連れてきた時とは打って変わって、時計の針はのんびりと時を刻んでいる。

ヒップホップの音楽に合わせて体を動かしている先生や皆を真似してみるけれど、体が思うように動かない。何をどうすれば同じ動きになるのか、何をしているのかも分からない。中学生くらいだろうか？　私よりずっと年下に見えるような子たちも軽やかに音に乗っていて、ダサい体操服がぽつんと浮いている。「いつもの」さえ終われば。自分に言い聞かせる。

「前も言った通り、今回から新しい曲に入る。また何回かに分けて振りを教えていくけど、まずは全体通して踊ってみるから1回見てて」

そう言って、先生は最近流行りのバンドの曲に合わせてオリジナルのダンスを踊り始めた。私が今ハマっているドラマの主題歌だ。聴き慣れたイントロにようやく心が上向きになってきたけど、少しずつリズムに揺れ始めた体もすぐに固まってしまう。

——すごい。

一体どうやって体のそんな部分を動かしているんだろう？　と思うくらい自由自在に、時に激しく、時に滑らかに全身を動かす。体のパーツ一つ一つが意思を持って生きている。

——楽しい！

生まれて初めて目の当たりにする本物のダンスに鳥肌が立ったままだ。たまに肩から落ちたダボッとしたパーカーを直す仕草も、心から楽しそうに踊る表情も、全てに目を惹《ひ》かれた。私もこんな風に踊ってみたい！

音が消え、思わず拍手しそうになった手を胸の前で止める。皆、鋭い目で前を向いていた。

「まぁ、今日はサビ前まで振りを入れられたらいいかな」

帽子を脱いで汗ばんだ額を手でぬぐいながらスタジオを見回す。その視線に応《こた》えるよう、気持ちを奮い立たせた。

でもそこからの時間も「いつもの」と何も変わらなかった。ワン、ツー、スリー、フォー、と先生が口ずさみながら踊る動きをひたすら真似して、覚えて、踊る。右脚、左脚で、右腕を出し、足のステップを踏んで……。必死に覚えようとするのに、皆のスピードに全くついていけない。頭に体がついてこない。汗ばかりがジトジトと纏《まと》わりつき体を重くさせる。

「莉子は今日は出来る範囲でいいから。1回休憩取ろうか」

生温い優しさが余計に辛《つら》くて恥ずかしかった。時間を埋めるためだけにちびちびとペットボトルに口をつけ、水を飲んでいるふりをする。ふと、私と同じで1人輪から離れたところにいる女の子に気がついた。端整な顔立ちで、しっとりとした黒髪を低い位置で束ねた彼女は黒猫を連想させる。ここにいる人の中でも独特の雰囲気があって、こういう子が芸能人になるんだろうなぁ、と自分のパサついた髪を手で撫《な》でつけた。2ｍほど先に立つ彼女の名札の文字を読もうと目で追っていた時、その細い腰がくるりとこちらを向いて
「あの、何か」と声を発した。思ったより声が低い。

「わ、すみません！　あの、綺麗だなってつい」

慌てて恥ずかしいことを口走ってしまったが、言われ慣れているのか特に反応もなかっ

た。白いTシャツに黒いストレートパンツを合わせただけのシンプルな格好の彼女は『岸《きし》つむぎ』というらしい。大人びた彼女に気後れしてしまうが、「自分から話しかけて友達作ってらっしゃいねー」という母の声を思い出し一歩踏み出す。

「私、丸山莉子です。今日から入ることになったんですけど、ダンスってこんなに難しいんですね！　もう全然出来なくて……。つむぎさん、はいつからやってるんですか？」

近くで見ると、その子は思ったよりも小さく華奢《きやしや》で、ひんやりと不思議な空気を纏っていた。緊張を隠して一生懸命作った笑顔に、彼女は小さく口を開いた。

「大変そうですね、頑張ってください」

もう話しかけないでくださいと言わんばかりに彼女は背を向けて離れていった。ひんやりとした声が耳に残っている。「大変そうですね」の一言が鏡の中で手を振り回していた自分に重なって、耳まで赤くなった。ペットボトルを握ったままの手がじんわりと濡《ぬ》れている。前に私が心愛たちと一緒になって向けていたあの目が、今は私に向いていた。

「おかえり〜、初レッスンどうだったの？」

「普通。今日はもう寝るね、おやすみなさい」

自分の部屋に駆け込んで、汗臭い体のままパジャマに着替える。朝起きて飛び出したままの形の布団は希望を残していて、出したばかりの毛布のやさしさが今は苦しい。こんなにも世界が重いのは初めてだった。向けられたことのない視線が目をつむっても付きまとう。

『レッスン楽しかった！　皆すごい子ばっかだった〜』

それだけ送って、既読も確認せずに枕に頭を押し付けた。心愛と真奈がいて充実した高校生活だし、私は今の青春があればそれでいい。なのにまた2日後にレッスンがあると思うと心がどこまでも布団に沈んでいく。外からの冷たさを持ち込んだ布団はいつまで経っても温かくならなかった。

あーーーーー

「かっこいい人いた？」

えーーーーー

「いつデビューとか決まってるの？」

いーーーーー

「え、その日もレッスンあんの？」

うーーーーー

「そのうちウチらなんか捨てんじゃない？　笑」

えーーーーー

「喉《のど》じゃなく、お腹から！　莉子さん！」

急なお腹への感触に、はっと我に返る。桃色のストールを巻いた先生が私のお腹に手を当てていた。

「もう1回、吸う時にお腹を意識して声出してみて。1人で、はい」

前を向いていた目が一斉に集まる。その目からビームが出てるのかと思うくらい皆厳しい目をしていて、ぐんぐん顔が赤くなっていくのを感じた。先生の骨ばった手は逃がしてくれそうにない。咳払《せきばら》いを一つして喉に力を込める。

「あーーーーーー」

押し出された声はいつもの自分より少し高くて知らない人の声のようで、体全部が熱を帯びる。声は防音効果のあるふかふかの壁に吸い込まれて消えた。顔が熱い。

「今のが喉から出てる声ね。響きが足りないのが分かった？　口を大きく開けることで息の通り道が出来て豊かな声になるの。改めて皆も基礎を忘れないで」

お腹に、ぬるい手の感触だけが残っていた。また、あの目に囲まれる。可哀想なものを見る目だ。

消えてしまいたくて、レッスンが終わって1秒でも早くこの場を立ち去ろうとしたところ、「ちょっと」と後ろで声がした。

「純粋な疑問なんだけどさ、何でここ来たの？」

振り返ると、レッスンで見た綺麗な女の子がスマホをいじりながら壁にもたれていた。長い金髪をきつく結んだポニーテールは1本の乱れも許さず、大きめのパーカーの上からもそのスタイルの良さが分かる。

「あの……？」

足元からなめるような視線を向けられ、Tシャツの裾をぎゅっと握る。『藤原美華《ふじわらみか》』という名札の端にキラキラしたラメのシールを貼った彼女はいかにもギャルって感じで怖い。私の全身をチェックし終え、美華さんは甘ったるい声を出す。

「だってぇ、今からじゃ大変じゃない？　ダンスも歌もやったことないんじゃオーディション受かるとも思えないし」

帰ろうとしていた面々は雑談を続けながらも、円のように一定の距離を保ったままこちらを窺っているのを感じる。すくんで何も答えられずにいると、その円から1人が飛び出してきた。

「美華、やめとけって。いじめの現場にしか見えねえから」

確か、すごくダンスの上手《うま》かった男の子だ。

「ごめん、思ったこと言いすぎる奴で。悪い奴じゃないんだけど」

こちらを向き直って謝罪する彼はキャップをおしゃれに被って、地元の高校では見かけない大人っぽい雰囲気をしていた。見た目と違って優しい言葉に救われる。

「えー冬真《とうま》だって言ってたじゃん、出来てなさすぎて見ててイライラするって。自分だけいい子ぶるのずるくない？　あとさ、見てて可哀想なんだよね」

「可哀想……」

「そう、可哀想。だって必死すぎて大変そうだし。心配してあげてるんだよ？　美華、無駄な努力って見てられないんだもん」

ヒュッと喉が締まる。グレーのカラコンをつけた、悪気のない瞳《ひとみ》に見下ろされ、動けないままの私に、彼女が急に人差し指を立てた。

「あ、分かった。アイドル志望でしょ？」

「……はい、一応」

アイドルという単語を向けられ慣れていなくて、口ごもってしまう。裾を握りしめたままの手のひらがあつい。

「まぁアイドルならそれでもいけるか」

納得した顔で呟《つぶや》き、好奇心に満ちていた目が急激に興味を失っていく。

「美華がごめんな。練習頑張って」

気のせいか、その口元が歪《ゆが》んで見えた。ぽかんとしている間に笑いながら2人が去って行く。心愛と真奈がたまにする、意地悪な2人だけの笑い声だ。同時に野次馬の輪も次第に散り散りになっていって、残されたのは私1人だった。

可哀想。今は怒りも悲しみも湧かない。大きな渦に放り込まれたみたいに感情がごちゃ混ぜになる。

ふらふらと外に出ると「あの」とドアの陰からそっと声をかけられた。

「発声はまず腹式呼吸の練習からするべきです。ネットに沢山動画があるので少しずつやるといいと思います」

この間話しかけた黒猫っぽい女の子、岸つむぎちゃんがそれだけ言い残して姿を消した。

あんな他人に興味の無さそうな子に同情されるほど可哀想に見えたのかな。恥ずかしくて情けなくて息が出来ない。目の前が真っ暗で、どうやって帰ったのかも覚えていないけど、ただ私なんかが来る場所じゃなかったんだって、それだけははっきりと分かった。

お弁当のフルーツを食べ終えると急に眠気が襲ってくる。今は心愛が委員会でいないから、いつもより静かな昼休みだと思ってまどろんでいた時だった。

「努力すんのってさ、ダサくない？」

びくりとして真奈の目を見つめる。真奈は手鏡を片手にメイクを直していて、朝と同じままぱっちりとまつ毛が上がっている。

「莉子、高野《たかの》って覚えてる？　中学のバド部で一緒だった」

嫌悪感のにじむ声に「いたかも」と曖昧《あいまい》なふりをする。真奈とはまだ仲良くなかったから覚えてないだろうけど、私がいつも一緒にいた子だ。真面目で一生懸命で、大好きな友達だった。

「高野さ、入った時からめっちゃ下手だったじゃん、必死に練習してるのに大して上手くなるわけでもなく。なのに高校でもバド続けてるらしくてさ。なんかあの練習頑張ってます！　みたいな感じ、ムカつかなかった？」

えーどうだろう、と誤魔化《ごまか》しても真奈は納得していない。打ち返せなかったシャトルはまだ私の側にある。

「まあ……。確かにちょっとモヤっとしたことはあったかも。先輩とかには、高野は自主練頑張ってるよ、とか言われたり」

そうそう！　と肯定されて安心する。真奈が求めていたところに打ち返せた。ぐずぐずとした罪悪感もあるけど、正直ずっと心の片隅で思っていたことだった。仲良しだからと箱に鍵《かぎ》をかけて見ないふりをしていたけど、それが真奈に引っ張られてずるずると引き出されてしまう。でも、皆思ってたことだし。

「お待たせ、何話してたの？」

「別に何もー。それよりさ、これ見てめっちゃ可愛くない？」

私たちが中学時代の話をすると心愛は仲間外れにされたって不機嫌になるから、真奈がすぐに話題を変えた。

「えー可愛い！　ここ今日行かない？」

「行こ行こ！　パフェが超でかいらしくてさ、皆で分けない？」

「ごめん、私今日も無理で……」

花が咲いていた会話の色がさぁっと引いていく。制服もグレーだし校舎もくすんでて、学校って基本的に色がない。

「また？　最近全然一緒に遊んでないじゃん」

「しょうがないよ、ゲイノウジンだもん」

「そっかゲイノウジンだもんねー。ねぇ真奈、トイレ一緒に行こー」

心愛は私を締め出すように腕を組んで2人で教室を出ていってしまう。追いかける勇気もなく、ぽつんと席に取り残された。

「ねえ莉子ちゃん。聞きたいことあるんだけどさ」

2人が見えなくなった頃、上半身を少し後ろに捻《ひね》りながら、肩越しに前の席のやまちゃんが話しかけてきた。あまり話したことはない子だ。

「こないだ真奈ちゃんのストーリーズ見たんだけど、ゲイノウジン、目指してるの?」

芸能人。言い慣れないから、皆ちょっとぎこちない。にしても私はそんな投稿知らない。どう答えるべきか考えているところにまた疑問符だらけの質問がふわふわと飛んでくる。

「レッスン? 行ってるんでしょ? すごいよね」

「うん、ありがとう」

休み時間はまだ5分以上ある。

「でもさ、言いづらいんだけどあの2人あんま信用しない方がいいかも」

声をひそめて続けた言葉は、私が嘘ついてるとか、芸能人ぶってるとかだった。「ストーリーズで載せてたのを見せてもらっただけなんだけどね」と何重にも自分を守りながらわざわざ教えてくるやまちゃんに、私は苦笑いも出来てなかったと思う。

「でも私は応援してるから! 頑張ってね!」

どんな心持ちで、こんな気持ち良く笑えるんだろう。やまちゃんの笑顔が遠く感じる。教室全体が俯瞰《ふかん》で見えてなんだか、現実じゃないみたいだ。

引き戸から2人が帰ってきたのを見た途端、ぱちんと現実に戻った。何食わぬ顔でまた教室に溶け込んだやまちゃんを離れ、私は笑顔を作って2人に駆け寄る。腕を組んだままの2人に無理やりくっついた。教室の外の空気を纏ったブレザーはひんやりと冷たい。

「真奈、やっぱ今日の放課後行けるから私もそこ行きたい」

「え？　もう心愛と色々計画したのにねー」

ねー、と顔を見合わせる2人に「えー、いいじゃんー」なんてわざとらしく語尾を伸ばして甘える。我ながら、キャラじゃないわがままが痛々しくて鳥肌が立つ。でも今日離れたら、二度と距離が戻らない気がした。陰口を言われてたっていい。1人になるよりずっといい。それが普通の「青春」だから。

「まあいいけど」

くすくす、と2人が目を合わせて笑う。私のこと、バカだと思ってるんだろうな。その2人だけのアイコンタクトの意味も、痛いほど分かってるよ。

それでも、せめてクラス替えまでは、2人と仲良くしないと。普通の青春を守らないと。

その日私は3回目にして、初めてレッスンをサボった。3人で食べたパフェは甘ったるくて、お腹の底にずっと残った。

薄水色のロングコートは、去年買ってもらったお気に入りだ。これに白いマフラーが私の定番スタイルだけど、外に出ると黒い服の人ばかりでいつも不思議に思う。もっと好きな服を着ればいいのに。電車に乗る度、私は大人になってもカラフルなコートを着ようと決意するけど、今日ばかりは私も黒い服に身を包んで、そのまま街に溶け込んでしまいたい気分だった。

「莉子、レッスン休んだの？　スタジオから電話あったよー。で、日曜日に特別にダンスの個人レッスンするから来られるかって聞かれてオッケーしちゃったけど、行けるよね？にしても親切なとこじゃない、途中参加でも親身になってこうしてくれて。入学金無料でも結構高かったんだから、頑張りなさいよー」

なんで勝手に返事するんだろう。「ダンスの先生ってイケメンなの？」なんて1人で喋《しゃべ》り続けるママを無視してオムライスをおかわりしたせいもあってか、ずっしり重い体を吊《つ》り革に委《ゆだ》ねる。日曜の電車は賑《にぎ》やかで乗り継ぐだけでも疲れる。

言い訳を考えながら揺られ、言葉がまとまらないままスクールに着いてしまった。指定された時間の15分前に着いたけど、誰もいない女子更衣室でうだうだしているうちにあっという間に時間になる。意を決してダンススタジオの扉を押すと、中にいた先生がすぐにこちらに気づいた。

「すまん!」

怒られると思っていたのに開口一番に先生に謝られて、目を白黒させる。

「もっとこっちが気を掛けるべきだったのに、悪かった。レッスンも進めなきゃで、中々見てあげられなくて」

「こちらこそ、無断で休んですみませんでした」

考えていた言い訳も全部飛んで素直に謝ると、先生は人懐っこい笑顔を見せた。前は置いてけぼりでレッスンにも先生にも嫌な印象だったけど、その短く切った金髪も、手先まで覆うオーバーサイズのパーカーも、首元に重ね着けした銀のネックレスも、チャラいけど垢抜《あかぬ》けていてかっこいい。帰ったら「イケメンだったよ」ってママに教えてあげなきゃ。

誰もいないダンススタジオは前よりも広く、息苦しさも感じなかった。今日は右側一面に広がる窓のカーテンを開けていて、ビルの合間からの眩《まぶ》しい陽射しが鏡に反射している。

まずアイソレからね、といって「いつもの」動きを、一つずつ丁寧に教えてくれる。首、胸、腰、前後左右に器用に動かす先生をなんとか追いかけた。

「初めは出来なくて当たり前だから、これを毎日練習してみて」

はい、と頷く。苦い気持ちが胸いっぱいに広がるけれど、視界は明るかった。そこから、前回サボった分のダンスもゆっくり教えてくれる。サビの最後まで何とか踊れるようになった頃、スタジオはオレンジに包まれていた。前とは違い、背中までびっしょり汗をかいたけど体はすっきりしていて、「こんなに汗かいたの久々です」と笑いながらTシャツの袖で額を拭《ぬぐ》う。

「先生、久しぶりー！」

突然、よく通る明るい声が響き渡る。ガラスの扉を開けて、1人の女性が立っていた。

「そのへんブラブラしてて、暇だったから来ちゃった」

茶髪のポニーテール。垢抜けた雰囲気にこの間の美華さんや心愛たちが浮かぶけど、不思議と怖さを感じない快活な笑顔だった。

「こら、卒業生は来ちゃダメだろー」

その砕けた雰囲気と言葉から、先生が以前教えていて親しい仲だったのだろうとすぐに分かる。卒業生ということは、芸能人なんだろうか？　くりっとした大きな目でとても可愛い。ジロジロ見そうになるのを堪《こら》えて、居場所のない私は出来るだけ息を殺す。そんな私の居心地の悪さを見抜いてなのか、こんにちはー！　と視線がこちらに向いた。先生は暗くなり始めたスタジオの電気をつけにいく。

「めっちゃ練習したんだね。いつから通ってるの？」

微笑まれ、ぼさぼさな自分の髪に気づく。

「先週からです。まだ全然出来なくて」

「先週？　やば！　あかりよりギリギリだ！　だから個人レッスンしてるんだ。HIRO先生の個人レッスン、めっちゃ懐かしいねー」

「あかりも途中入学でダンスがすんげぇ下手で、1回レッスンの途中に泣きながら逃げ出したことあったんだよ。そのあと仕方なく個人レッスンしてさ」

うわ恥ずかしい！　と、あかりと呼ばれた女性と先生が思い出に浸っている。懐かしむように遠くを見て、あかりさんは続けた。

「出来ないのが悔しくてさー。先生に教えて！　って何回も突撃しに行ったりしたよねー。あかりもその時はしんどかったけど、いつかは絶対追いつけるから頑張って！」

先輩っぽくない？　と見せる八重歯に、ポロポロと涙がこぼれ出す。慌てる2人をよそに涙は止まらず、手で顔を覆って泣きじゃくってしまう。おーよしよし、と慰めてくれるあかりさんの温かい声に、燻《くすぶ》っていた気持ちの正体が照らされる。

「私なんか無理だって最初から分かってたんです。でも出来ないのも悔しくて、だから逃げたんです。今日初めてダンスが楽しいって思えたんですけど、私なんかが今更頑張ったってどうしようもないんじゃないかって……」

「自分だけ遅いのって本当に辛いよね。悔しい気持ちもそのしんどさもすごい分かるから、あかりももどかしいよー。でもあかり思うんだけどさ、悔しいなら頑張ればいいし、楽しいならやれば良くない？　シンプルすぎ？」

屈託のない真っすぐな言葉が絡まっていた心にストンと落ちる。「あとあかりさ、ボイトレの時歌詞忘れて適当に歌ったりしたこともあったよ！」無理に慰めるでもなく昔の失敗を笑いを交えて話してくれるのがどんな励ましよりも温かくて、いつの間にか泣きながら笑っていた。私の呼吸が落ち着きだした頃、

「そろそろ仕事行かなきゃなんだー。応援してるから頑張ってね！　ＨＩＲＯ先生がなんとかしてくれるから！」

顔を覆った手の隙間からきらきらと光が去っていき、「落ち着くまでここにいな」と先生が持ってきてくれた箱ティッシュと私だけが残された。

やっと鼻水もかみ終わったところで、ドアが薄く開いた。黒いスウェットの男の子が面倒そうな顔を隠しもせず声をかけてくる。

「もういいですか」

真っ赤になった顔を隠しながら、すみません！　と慌ててティッシュを集めると、彼は

スタジオに入ってすぐストレッチを始めた。怪訝な顔をした私に気づいたのか、彼は鏡を向いたまま呟いた。「今日、18時から自主練開放日なんで。隔週日曜、いつもは朝からだけど今日はあんたのせいで18時から」

「……すみません」

一応口にした謝罪がどこに辿《たど》り着くでもなく消えた。ガラス張りのスタジオの外から、微《かす》かにボサノバ調の音楽が流れてくる。

「テトラのあかりと、知り合い？」

鏡の中の目はしっかりこちらを捉《とら》えていた。首を傾げる私に苛《いら》立《だ》った口調で重ねる。

「だから、さっきいたの、あかりじゃないの？　卒業生なのは知ってたけど」

「あの、私初めて会ったんです。先生に教えてもらってたら、たまたま来たみたいで」

「アイドル志望なのに知らないとか」

本当になる気あんの。そう小さく呟いてイヤフォンを押し込み、彼はそのまま踊り始めた。手の中でぐっしょりと濡れたティッシュを握りしめる。

本当に、アイドルになりたいのか。咄嗟《とっさ》に何も言えなかった。応募してもらった流れでここまで来たけど、アイドルになれたらいいな〜くらいの軽い気持ちだったし、今までちゃんと考えたこともなかった。もう私が見えてないみたいに集中して踊り続ける彼を残して、そっとスタジオを出る。

色んなことがありすぎてパンク寸前だ。電車に乗ってすぐに座席を確保した。腰を下ろした途端、痺《しび》れるような足の重さがじんわり広がっていって、5時間踊っていた体の疲労を自覚する。気持ちがはやり、何度も打ち間違えながらもスマホで『テトラのあかり』と検索をかけると、さっき見たままの笑顔の写真が眩しく画面に並んだ。タップしてページを開く手が興奮で震える。読み込む一瞬がもどかしい。今勢いのある女性アイドルで、同じ事務所で、スターターズスクールの卒業生。飛び込んでくる刺激的な情報に、スクールに入っても空想の世界だった「芸能界」が急に現実と地続きになる。

『高校1年生の時にたまたま勧誘されて。それまでは友達と学校が自分の全部だったけど、新しい世界とテトラの皆に出会えて、あの時飛び込んでよかったって心の底から思います。テトラが私の青春です！』

インタビュー記事を読み、歌って踊るあかりさんの映像を次々に再生していく。1曲ごとに心臓が痛いほど高鳴って身震いが止まらない。先生のダンスを初めて見た時に似てるけど、もっと体の芯《しん》から揺さぶられて目が離せない。足元をじんわりと吹く暖房の風が鬱《うつ》陶《とう》しいほど熱かった。

私も、こんな風に。

歌って踊る自分の姿はうまく想像出来ないけれど、真っ白な歯を見せて笑うあかりさんに自分を重ねてしまう。自分だけの衣装を着て、きらきらの照明を浴びながらステージで歌って踊って。考えるだけで胸がカッと熱くなる。夜の街を彩るように明かりが一つずつ灯《とも》っていった。私の知らない「青春」が突然目の前に舞い降りて、きらきらと輝いている。私、アイドルになりたい。あかりさんみたいになりたい。今見たライブ映像での割れんばかりの歓声が頭の中で鳴りやまなくて、会場を埋め尽くす光が目の奥にこびりついていた。

ドキドキした想いを乗せたまま、快速電車は停まることなくスピードを上げて次の駅に向かっていく。私はこのままどこに行くんだろう?

自分の思いに気づきスクールが楽しくなるにつれて、2人の横にいるのが辛く感じる時間が増えた。ダンススタジオの倍くらいある教室なのに、ぎゅうぎゅうに並べられた机を息苦しいと感じる。お弁当をゆっくり食べても時間が余る昼休みが憎くて、早く次の授業が始まれと必死に願った。

「莉子さあ」

右隣に座る心愛が頬杖《ほおづえ》をついてこっちを見ていた。顔の半分は、長い髪がさらりとかかっていて、その表情をはっきり読み取ることは出来ない。今日もメイクはばっちりで、目《め》尻《じり》のアイラインがぴょんと跳ね上がっている。

「最近めっちゃゲイノウジンって感じだよねー」

カラコンをつけた瞳は光を反射せず、その目の奥の真意は読み取れない。

「ごめんね」

机に向かって正解か不正解か分からない答えを返す。学校は答えが返ってこない問題ばかりだ。

2人と同じになりたかった。1人になるのが何より怖かった。私の「青春」は、可愛い制服を着て、放課後にだらだらお茶して、バイトして、たまに出かけて、そういう普通だったのに。

「莉子、本気でアイドルなりたいの？」

急な質問に心臓がドキリと跳ねる。心愛は毛先をくるくると指で弄《いじ》りながら答えを待っていた。どう返すのが正解だろう。どういう答えを求めてるんだろう。真奈は向かいで、さっきから何も聞こえてないみたいに知らんぷりだ。

変わったはずなのに、いざ心愛を前にすると何も答えられない。固まっていると、心愛はマニキュアで薄ピンクに塗られた指先に髪を巻きつけたまま、小さく口を動かした。

「本当は心愛がなりたかったのに」

弱々しくて小さい声だけど、私の体を電流みたいに貫いていく。「応募しようよ」って誘ってくれたあの時、私が連絡を受けた時、スクールの話をした時、全部が繋がっていく。どうして気づかなかったんだろう。自分のことに夢中で、心愛の気持ちなんて考えもしなかった。顔を上げられなくて、机の木目を目でなぞる。心愛は可愛くておしゃれで自信があって、私にないものを全部持っているんだと思ってた。心愛みたいになりたくて、オーディションに合格すれば心愛の隣に並べるって、その一心で通い始めたのに。

ごめん？　返すべき正解は全然分からないけど、心愛に何か伝えなきゃいけないと思った。明日からこの関係がどうなるか分からないけど、本音を吐き出した心愛に、私も何か言わなきゃいけない気がした。意を決して顔を上げ、目を合わせる。

「私も、本当になりたい。……アイドルになりたいの」

「あっそ。受かるといいね」

やっぱりカラコンの奥で本当の瞳がどんな色をしているのか分からない。心愛は何事もなかったかのように、赤いチェックの膝掛《ひざか》けを膝にきちんと乗せ直してスマホの画面をなでる。

初めて「普通」のレールを自分から外れた。心が、ふわふわする。じっとしていられなくて、私は静かに席を立った。教室を出る瞬間真奈と目が合って、真奈は口をぱくぱくと動かして何かを伝えていたけど、よく分からなかった。分からないなら、勝手に前向きに捉えておこう。前までの私ならきっと悪い方に捉えてたけど、あかりさんならきっとそうした気がする。何とかなるでしょ！　なんて笑い飛ばす姿を想像していたら、本当にそんな気がしてくるから、アイドルって不思議だ。

中庭にある自販機に向かって歩きながら、制服のリボンの紐を緩くする。学校中でお揃いの赤いリボンしか知らなかったのに、沢山の色があることを知ってしまった。『テトラが私の青春です！』と笑っていたアイドルの色とりどりのリボンは、自由で輝いて見えた。

校舎に吸い込まれていく流れに逆らって、中庭にある自販機の前に立つ。いつも3人で買うのは決まって１００円のいちごミルク。でも今日は。

がこん、と音がしてよく冷えた紙パックが落ちてきた。コンクリートの地面の上で、風が吹く度に落ち葉が音を立てる。手の中にあるのは、初めて買ったバナナミルクだ。握られた黄色いパッケージを見て、あかりさんを思い出す。

今まで知らなかった世界に触れてしまった。あかりさんだけじゃなく、スクールに通う人たちは年齢も出身もバラバラで、学校では出会ったことのないタイプばかりだ。自分を信じていて、自由で、私が16年間生きてきて想像したこともなかった形の「青春」を過ごしている。その輝きに触れてしまった。

ぷす、とストローを刺す。ゆっくりとストローを上がってきたバナナミルクは甘くて、跡を残しながら喉を滑り落ちていく。一気に飲み干したパックがぺちゃんこに潰《つぶ》れた。いつものいちごミルクとは違う味が鼻から抜けていく。

今まで普通だと思っていた青春を離れるのはすごく怖い。それでも、一度灯った明かりを消すことはしたくなかった。悔しいなら頑張ればいいし、楽しいならやればいい。きっと青春の形は一つじゃない。心がときめく方に流されてみよう。

ふわふわとした気持ちのまま立ちつくしていて、鳴り響いたチャイムにようやく我に返った。くしゃくしゃのパックをぎゅっと握りしめて、私は真っ直ぐに走り出す。

森冬真

Toma Mori

スタジオから1時間半、電車をいくつか乗り継ぎ県を跨《また》いで、やっと家に着く。高校に入りたての時は東京まで行くのはちょっとした遠征だったけど、今では日常の一部だ。玄関の空いてるスペースで適当に靴を脱ぎ捨てる。

静かすぎる部屋をテレビの音で紛らわせ、すぐに暖房のスイッチを入れた。冷凍庫を開けて、定期購入している弁当をレンジにかけ、テレビ台の横にある母さんの写真に手を合わせているうちにレンジがチン、と鳴る。ここまでがルーティンだ。父さんは夜勤だから顔を合わせることも少なくて、朝学校に行く前にすれ違う時くらいしか話さない。

温める時の置き場所が悪かったのか、弁当の端の方がまだ冷たい。面倒くさくてそのまま口に運んで、濃い味付けの回鍋肉《ホイコーロー》を米と一緒に咀嚼《そしやく》した。米が早々になくなり、父さんが朝に炊いてくれていた白米をお茶碗《ちやわん》に盛り、黙って食べ進める。弁当は普通にうまいし、慣れたから特別寂しいとは思わない。でも母さんの写真を見るといつも同じ会話が蘇《よみがえ》った。

『冬真は踊るのが上手ね』

『いつかテレビで冬真を見られるかな？』

『ずっと応援してるからね。頑張ってね』

母さん、俺絶対テレビ出るから。頑張るから。


鏡の中の自分、悪くないじゃん。そんなことを考えながら踊っていたら、ＨＩＲＯさんの鋭い声が飛んできた。

「冬真！　またクセ出てる。首はそんなに残さなくていいからもっと素直に踊れるようになっとけ。そこ意識してちゃんと直せっていつも言ってるよな」

俺はグレーのニット帽を更に深く被《かぶ》る。ニット帽からはみ出した、細かくパーマを当てた髪がぎゅっと押さえつけられた。

「じゃあ頭からカウントでゆっくり通していくから」
５、６、７、８とＨＩＲＯさんの手拍子に合わせて踊り始める。あー、もっと難しいダンスを踊りたい。体を動かせば動かすほど不完全燃焼で、胸の奥がドロドロと濁っていくみたいだ。
だらだらと最後まで踊り終わってから、斜め前で踊っていた長い髪が振り返った。ミルクティーだかの白っぽい髪色がライトでオレンジっぽく光る。

「冬真、これの次の振りなんだっけ？」

少し踊ってみせると、美華は「ありがと！」とまた練習に戻る。ぴったりとした黒いトップスを着た薄い体に首元のネックレスが光った。ブランドの高いやつを親に買ってもらったって前に美華が自慢していた気がする。

ネックレスから目を逸《そ》らすように鏡の中の自分と向き合い、ため息を吐ききった。だけどダンスに夢中になろうとすればするほどリズムが耳の上を通り過ぎていって、自分の意思から離れて体がバラバラになっていくような感覚に陥る。チラリと視線を送ったが、HIROさんは違う生徒を見ていて全くこっちを見ていなかった。息を吸うと蒸した空気が肺に入る。他人の汗が充満する臭いは場所が違えどそう変わらない。

前に通っていたダンススクールがなくなることになり、その時の先生に紹介してもらったのがここだった。「芸能界を目指すならダンス以外も学んだ方がいい」って言葉には共感したし、HIROさんに教われるなら高い受講代の価値があると思ったから、バイトして少しずつ返す約束で父さんに金を出してもらっている。5歳でダンスを始めて、俺にとっては踊るのが当たり前だし、ダンスをしない人生なんて想像もつかない。

「じゃあ最後曲で通すぞー」

今日は基礎練をしてから、12月の課題曲（流行《はや》りのKPOP）をサビまで入れた。何を歌っているか分からないけど、美華が好きなガールズグループらしく、今日は終始ご機嫌そうだ。ＨＩＲＯさんがレッスン用に振り付けしたものだが、ＫＰＯＰの曲はリズムが取りづらいし、基礎が重要な動きが多く振りがシンプルだから、皆かなり苦戦していた。ヒップホップメインだけど、俺にとっては苦戦するほどでもない。初めてのレッスンの日に周りのレベルを見て思った。俺が１番うまい。多分俺、合格出来る。そんな場所で、ＨＩＲＯさんは踊っている。

小さい頃からずっと憧《あこが》れの人だったし、こうして教えてもらえるなんて夢みたいだけど、ここで教えているＨＩＲＯさんに日に日にがっかりしていく自分もいた。

曲が止まり「今日はここまで」と声がかかる。散り散りに帰っていく生徒の合間を縫ってスタジオの反対側にいるＨＩＲＯさんに目を向けると、振りを教えているところだった。

「また丸山莉子じゃん。ウザ」

俺の視線に気づいたのか、同じ方向を見ながら美華が隣で呟《つぶや》く。体育館シューズで必死に踊る丸山に、ＨＩＲＯさんが優しい目を向けていた。息を大きく吐こうとするのに、呼吸が浅くなる。苦しい。自分が何に苛立《いらだ》っているのか分からなくて余計にイライラする。

「てか冬真早く行こー。お腹空《す》いたしさっさと撮っちゃお」

美華の声で、やっとそこから視線が外れた。

「俺も腹減った！　肉食いてー」

　わざと大きな声で、どうでもいいことを言ってみる。今日はもう何も考えないようにしよう。汗もかいてないレッスン着を脱いで、荷物をまとめて外に出た。

　自動ドアが開いた瞬間吹きつけた風に顔をしかめる。このところ一気に寒くなった。クローゼットから慌てて引っ張り出したダウンを着て、イルミネーションが光る街を美華と2人で歩く。美華は新品でふかふかした黒のダウンコートに、膝《ひざ》の上まであるブーツを合わせていて、あんまり詳しくないけど多分これもブランドものなんだろう。元々170cmあるくらいだから正直ヒールを履いた美華に並ぶのは嫌だ。

　近い身長の美華が高いヒールを履くと、余裕で俺の背を超える。俺はギリ170cmあるくらいだから正直ヒールを履いた美華に並ぶのは嫌だ。

「この辺かな。はいこれ」

　イルミネーションが巻かれた木の前でぽいとスマホを渡されて、俺はカメラを向け、美華はシャッターの音でどんどんポーズを決めた。歩道の真ん中で撮影する俺たちの後ろを通行人が抜けていく。「いいよいいよー」「美華ちゃん最高！」なんてふざけて声を掛けたら「もう！」と美華が頰を膨らませた。俺の高校にいる目立つグループの女子と比べても、美華は可愛いと思う。

「SNS用の写真を撮ってほしい」と言われ、レッスン終わりに時々撮影に付き合っている。最初は周りからの視線が気になったけど、写真撮ってる俺ら、イケてんじゃね？　と思ってからは気にならなくなった。お互いこうしてるのが似合うんだし。

数十枚撮ったところで美華にスマホを返すと、すぐに今撮った写真をざっとスクロールして確認しながら言う。

「いいじゃん、ありがと。冬真写真撮るのうまくなったね」

「まぁ夏くらいからずっと撮ってるし、被写体がいいんじゃないすか？」

ばか、と小突かれたけど、美華は満足げにスマホをしまって歩き出した。

「でも最近いいねも増えてるし冬真に頼んでよかったかも。スクールで合いそうな子もいなかったし」

美華の耳にいくつも開いた穴を見ながら、確かにと頷《うなず》く。前にいたダンススクールは派《は》手《で》な奴が多かったから芸能スクールもそうかな？　と思ったけど、意外と大人しそうなのとか、金持ちのお嬢さま、みたいなのが中心だった。クラスの18人の中でも美華は髪色もメイクも飛び抜けて派手で、はっきりしすぎな物言いも相まってちょっと浮いた存在だ。ピアスを開けているのも美華と俺くらいかもしれない。自然とつるむようになるまでに時間はかからなかった。

ふと耳たぶに手を当てる。冷えた耳でしこりのように硬くなった穴は、中学に入った時ダンス仲間と一緒に開けた。「俺らで世界取ろ！」なんて言ってたのが懐かしい。もうピアス穴は閉じかけている。

寒さに首を縮めて行き交う人の中で、美華はまるで自分が世界の中心とでも言わんばかりに顔を上げて人混みを突っ切っていく。交差点をいくつか渡った後、美華はモニターが激しく光る商業ビルのエレベーターのボタンを迷いなく押した。和をイメージした明るい木目調の店内が出迎えてくれる。

月に何回か撮影を手伝った後、美華はたまのご褒美だと言って回転寿司《ずし》に行く。普段は炭水化物を控えているらしく、前にパンを食べていたら「美華の横で二度とパン食べないで！」と怒鳴られた。「食った分動けばいいじゃん」と返したら平手打ちされそうになったので、それから体型や食事に関することは何も言わないと決めている。

飯代は最初はかっこつけて俺が出していたけど、美華に「親から結構貰《もら》ってるから大丈夫」と言われてからは素直に甘えて、撮影代だと思うようにした。タワマンに住んでるらしいし、バイトで食い繋《つな》ぐ俺にはしゅっちゅうの外食はきつい。家で1人で食べることが多い者同士、美華も誰かと食べたいんだろう。俺と美華は友達より仲間って感じだ。

「なんかなあって感じじゃない？　別に何が悪いわけでもないんだけどさ」

「何が？」

タッチパネルを操作しながら美華が話しかけてくる。咄嗟《とっさ》に聞き返してしまったが、すぐに丸山のことだと察して「まぁ確かに」と曖昧《あいまい》な返事を打つ。

「なんかあの不器用な感じが昔の自分見てるみたいですごいイライラするんだよね」

メニューを見ながらこぼした言葉が独り言かどうか分からなくて、俺は黙ったまま回ってくる寿司を眺めた。21時前、少し遅めの時間でも、あちこちのテーブルから電子音とプラスチックの皿の音が響いてくる。

ふと太ももで振動を感じズボンからスマホを取り出すと、いくつかのメッセージが溜《た》まっていた。前のダンススクールでチームを組んでいた5人のグループだ。久しぶりに動いたトークを懐かしさを感じながら表示すると、賑《にぎ》やかに騒ぐスタンプが目に飛び込んできた。遡《さかのぼ》ってみると、

『翔太《しょうた》がブレイクジャパンで優勝した！！！』というのが発端だった。ブレイクジャパンといえば日本一のブレイクダンスのコンテストだ。すげえ、おめでとう。打ち込んでいる間にも、ポコポコとメッセージが送られてくる。

『翔太おめでと！　俺来年の春からアメリカ留学行く予定でさ、その前に皆で会えたらいいなー』

耳たぶを触る。耳のしこりを確かに感じながらお祝いのメッセージを送信した。タイミ

ングのズレた『おめでとう！』がぽかんと浮いたまま話が進んでいく。心の底からおめでたいと思っているのに、会話に溶け込めない感じがなんかモヤモヤする。

「どしたの？」

あらかたの注文を終えた美華がどうぞと注文を促している。俺は何事もなかったかのようにスマホをしまい、いつもと同じようなセットを注文していく。

「でもさ、最終的にオーディション受かったもん勝ちじゃん。あの子が受かる可能性だって十分あるわけだし、そしたらなんかやだなー。最後ちょっと参加するだけで受かったらさ、美華たちの時間なんだったの？　って感じじゃない？」

ざっくりとした白のニットを腕まくりする姿に、俺もニット帽を脱ぐ。ふわりと締め付けられていた頭が解放されたように軽くなった。その解放感に思わず口も緩む。

「まぁな。でもアイドル志望ならどっちとも言えなくね？　スターターズのアイドルは歌もダンスも力入れてるけど、顔さえ良ければみたいなとこもあるし」

たぬき顔というのだろうか。人懐っこそうだけどどこか不安を漂わせる丸山莉子の顔が浮かんだ。その隣にＨＩＲＯさんまで出てきて、俺は2人を頭から追い払う。目の前で美華は既にサーモンを頬張っていた。そのか弱さとは正反対な真っ赤な唇にやけに安心する。

しっかりと噛《か》んで飲み込んだ後、その薄い唇の端を上げた。

「いいよね、美華もアイドルなろっかなー」

その悪い顔のままピンクのフリルに身を包みウインクを決める姿を想像して少し笑ってしまう。何か感じたのか「何？」と軽く睨《にら》まれた。

「でもさ」

俺は純粋な疑問を口にする。

「丸山は受かる可能性があるとしても、どう頑張っても受からなそうな奴っているじゃん。ダンスも歌も大したことないとか。ああいうのってなんで通ってんだろ、時間の無駄じゃねぇ？　親の金だから何でもいいのかな」

分かる！　と言われるはずだったのに、「冬真はいいよねダンス上手《うま》いから」とだけ言うと不機嫌そうに黙ってしまった。美華がそうとは言っていないのに、そんな顔をされたらなんか俺が悪いみたいじゃん。俺は、俺たちはレベルが違う。派手で、目立つ側で人生器用にこなせて、だから打ち解けられたんじゃないのか？　そんな苛立ちを緑茶で流し込んだ。

ピロリン♩　と場違いに元気なメロディと共に茶碗蒸しが2つ流れてくる。美華は自分の分だけ取ってから、口を歪《ゆが》めた。

「冬真はなんで一生懸命バイトしてまで通ってんの？　ダンス専門のとことか留学とかさ、

ダンス頑張りたいならここにいるの、時間の無駄じゃない？」

瞬間、自分でも驚くほどの怒りが湧いて、思わず手に持っていた空の湯呑《ゆの》みを乱暴に机に置いた。カン、とプラスチックの高い音で我に返る。気まずさに咳払《せきばら》いをしたが、美華は鬱陶《うっとう》しそうな顔をしただけだった。瞬間的な怒りが収まっていくにつれて見えてくる、自分でもはっきり理解していなかったモヤモヤの正体。俺はここにいて正解なのか？　俺だって金さえあれば、バイトもせずにダンスに打ち込んで、留学だってしたかった。あの時ここを選んだのが間違いだったんじゃないか、時間の無駄じゃないかって少しずつ育っていた不安が美華に言い当てられて、どんどん形になっていく。

無意識に気づかないようにしていた不満が、美華の言葉をトリガーに溢《あふ》れ出してくる。当の本人は意に介さず黙々と茶碗蒸しを頬張っていた。ダメだ、ネガティブになったって仕方ない。こういう時こそ能天気になんなきゃ。気持ちを落ち着かせようと茶碗蒸しの蓋《ふた》を開けるとふわっと出汁《だし》の香りに包まれる。スプーンは何の抵抗もなく茶碗蒸しに差し込まれた。香りで気分が落ち着き始め、自分に言い聞かせるようゆっくりと呟く。

「……俺が通う意味は、あるよ」

美華がきょとんと小さく首を傾げる。

「俺はダンス単体ってよりダンスボーカルグループに入りたいからタレント性とかも必要

になってくるし、オーディションに受かればスターターズに入れるのもデカい。HIROさんは大会で優勝しまくってたような人だし、見てもらえるのも本当にすごいことなんだ」

美華はもう興味を失くしたのか「ふーん」と返したのみで、茶碗蒸しを食べながらメニューを見ていた。俺の茶碗蒸しはスプーンでつついたせいでぼろぼろになっている。一口飲み込むと、ぷるんとした茶碗蒸しは喉《のど》を滑り落ちていき、腹の底をじんわりと温めた。ささくれ立っていた気持ちも少しほぐれる。

次々と鳴るメロディに急《せ》かされ寿司をテーブルに並べた。美華は寿司でいっぱいになったテーブルを満足そうに眺めて写真を撮っている。好き勝手言う分切り替えも早いのはお互い共通で、こういうところはやっぱり合うと思う。

でもこうして寿司をのんびり食っている間にも、あいつらはどんどん練習して上に行っている。俺は、ぐるぐると回り続けるレーンみたいに同じところにいるんじゃないか？本当にここに来たのは正解だったのか？　醬油《しょうゆ》を多めにつけても味がよく分からなくて、いつもの半分も喉を通らなかった。

スクールで足りないなら自分で頑張ればいい。週3のランニングも毎日に増やし、ダンスの自主練も多くした。背中に滲《にじ》む汗が、切れる息が嬉《うれ》しい。冬のランニングは風が痛くて安心する。大丈夫。俺はちゃんと努力してる。俺はこんなところで終わる人間じゃない。

綺麗《きれい》に腰を曲げる佐古田《さこた》さんに続いて、あざしたー、と声を出したら注意された。コンビニのバイトなんか適当にやるもんだろ。それでも「はーい、気をつけまーす」と軽い調子で返事をしておくのが楽だって最近気づいた。人間関係とか、多分そこそこやれる方だと思う。

「品出し行ってきます」と一声かけてお客さんのいなくなった店内に出ていく。外はまだ明るく、日曜の夕方特有のまったりとした空気が流れている。もっと練習したいのに、バイトの時間が無駄でイライラする。中学まではなんとも思わなかったけど、高校に入って現実が見えてきた。夢は金がかかる。で、俺んちはあんまり金がない。

上から人気のパンを並べていって、1番下の段で俺の好きなパンが売れ残っていた。レジからは「お支払いどうされますか」と一文字ずつ発音が粒立った声が聞こえてくる。近所の住宅街にあるコンビニで高校生やパートに交じってバイトする30代の佐古田さんは先月入ってきたばっかだけど、超真面目にやっててなんかすげぇ。中肉中背、ザ・普通みたいなおじさんだ。

ピロリロリ、と自動ドアが開くたび冷たい空気が持ち込まれる。夏は暑いし、冬は微妙に寒くてちょっときつい。外の空気を纏《まと》った人が人気の定番パンを手に取ってレジへと向かっていった。見えない場所に置かれているから売れないだけで、下の段のパンだって、目立つところにさえあれば……。

「でも売れないから下にいるんじゃない？」

レジに戻って思い付きを佐古田さんに話してみたら一瞬で論破された。

「でも、上に置いてみたら売れるかもしれないじゃないですか。環境が悪いから埋もれてるのかも。環境にさえ恵まれたら……」

「売れるものはどこに置かれてても売れるんじゃないの？　色んなデータに基づいてあの場所にあるんだし、勝手に動かしちゃだめだよ」

面倒になってきて、はい、と頷いた。お構いなしに佐古田さんは喋《しゃべ》り続ける。特にセットもしてない黒い髪が首を傾げるごとにさらさら揺れる。

「もうすぐ冬休みでしょ？　森《もり》くんは遊びに行ったりする？」

「特に予定ないっす。出来るだけバイト詰めようかと」

「遊べるうちに遊んだ方がいいよー。バイト代は何に使うの？」

説明が面倒で「まぁ色々」と誤魔化《ごまか》した。この人は喋る時に首を揺らす癖があるらしい。俺もダンスの時よく首の癖を指摘されるけど、確かにこれはちょっと鼻につくかも。

「分かる分かる、遊んだり服買ったり高校生って意外とお金かかるよね」

訳知り顔がイラついて、会話を変えようと「佐古田さんは、なんで」バイトしてるんですか？　と聞こうとして途中でやめた。30代からのバイトの理由なんて、俺にはリストラくらいしか思い浮かばなかった。

「なんで仕事辞めてコンビニでってことだよね。よく聞かれるから大丈夫だよ」

「すみません」

今は特にやることもないのに、佐古田さんは調理場の周りをウロウロし始めた。じゅわじゅわとチキンが上がる音に空腹を誘われる。店内の掛時計を盗み見ると17時半、あと30分で今日は終わりだ。意識が時計に引っ張られ出した頃、佐古田さんはフライヤーに向かってぶつぶつ言い出した。

「真面目に話すと、最近起業っていうか……ざっくり言うとネットで色々始めて、それで会社辞めたんだよ。で、生活費の足しと社会と繋がりを持つって意味でも近所でちょっとね。コンビニを選んだのは、昔もやってて新しく覚えなくて済むってだけ。セルフレジとか新しいものばっかりだったけど」

時代も変わったねー、とか誤魔化してるけど、大人が照れる姿って初めて見るかもしれない。

「佐古田さんは今楽しいですか？」

「楽しいよ。ずっとやりたかった夢に一歩踏み出せて、それのためだと思うと今は何でも頑張れる。まぁ収入も下がったし彼女には振られたんだけどね。森くんも色々やってるうちにきっと夢が見つかって、何やっても楽しい時期が来るよ」

「なんかすごいっすね」

ピロリロリ、とお客さんが来たお陰で会話が終わってホッとした。あれ以上喋ると、口からどんどん毒が出そうだった。

夢は、ダンサー。スクールの金を払うためのバイトとか、行きたくもない高校とか、夢のためにやってるのに全然楽しくないのは俺が間違ってるんだろうか？　最近はそのダンスすらも何のためか分からない。

そもそも、本当にダンサーが夢なのか？

薄《うっす》らと見え隠れしていた疑問が1番浅い所まで浮かんできてしまった。でも、母さんと約束したんだ。

走っても走っても、踊っても踊っても息苦しくて、何かをしていないと罪悪感に押し潰《つぶ》されそうだった。それでも踊るたび泥沼にハマるように身動きが取れなくなっていく。いつからだろう、ダンスが楽しくなくなったのは。でも今やめたら無駄になるから頑張らなきゃ。頑張らなきゃ、頑張らなきゃ。俺にはこれしかないんだ。

長時間の電車で、ダウンコートの下が燃えるくらい暑い。混み合う改札をすり抜けてスタジオへと急いだ。自主練開放日の日曜、一番乗りでがらんとした鏡を独り占めするために朝早く家を出た。しばらく続いている晴れのお陰か今日は気分がいい。とにかく今は練習するしかない。

受付のマリさんの側を駆け抜けて更衣室へ急ぐ。スタジオのドアを開けてからスマホを忘れたことに気づいたけど、誰か来る前に踊っておきたかった。レッスンでやるどんなジャンルでもなく、ただ気の赴くまま踊る。ダンッ、キュッ、ダン。床が奏でる靴音が、漏れる息遣いが、ずっと焦っている心をようやく落ち着かせてくれる。

昂《たかぶ》ったテンションで大きくジャンプして、最後の着地を決めた瞬間だった。

「っ……！」

全身を貫くような激痛に世界が反転する。痛い。痛い。痛い？　何が起こったのか分からない。床が冷たい。所々に黒い靴跡のついたグレーのフロアが目の前に広がる。無意識のうちに右腿《みぎもも》を押さえて床に転がっていた。ダンススタジオの鏡には顔を歪めて丸まる情けない姿が映る。スタジオがいつもの何倍も広い空間に感じた。

気持ち悪い脂汗が噴き出てきて、腿の痛みはどんどん増していく。足を攣《つ》った時とは比べものにならない痛みだ。ガラス張りの外に目をやってもまだ人の気配はなさそうだ。そうだ、マリさん。声にならない声で助けを呼んでみても、防音環境の整ったスタジオの外には伝わらない。

時計を見ると余計に苦痛が増す。涼しかったはずのスタジオで、額は汗でびっしょりになっていた。這《は》うように出口へ向かおうとした時、ドアの向こうに人影が現れた。

「大丈夫ですか……？」

遠慮がちな細い声と目に飛び込んできた体育館シューズに、情けないけど心の底からホッとする。

「足痛くて、やばい、マリさん呼んできて」

切れ切れに話す俺を、いつもより不安をたたえた目で覗《のぞ》きこんでいた丸山莉子は、走ってスタジオを飛び出して行った。しばらくして半ばパニックで戻ってくる。

「さっきまでいたはずなんですけど、フロアに誰も見当たらなくて……！　ど、どうしたらいいですか？」

「病院、探して」

自分よりパニックになっている人間を見ると冷静になるというのは本当らしい。肩を貸してもらい、丸山が調べてくれた病院にタクシーで向かった。10分くらいの移動だったけど2人きりの車内は気まずくて、右側に座る丸山莉子もドアにくっつきそうなほど端に座っている。タクシー代がバイト1時間分。病院代で何時間分だ？　少しでもメーターが回らないよう祈るしかなかった。

雑居ビルの一室にある整形外科は狭い受付に4人ほどが座っていて、痛みにも慣れ始めた頃にようやく呼ばれた。

「肉離れですね。3、4週間は安静にしてください」

たったそれだけの診察が終わり、ぐるぐる巻きの右腿と松葉杖《まつばづえ》と痛み止め、ホッとした顔の丸山莉子と共にスタジオまで荷物を取りに歩いて戻る。

コートも着ないまま飛び出してしまった俺たちはどこか浮いた存在に思えた。身をすくめながら信号待ちで立ち止まる。痛み止めのお陰か安心からか、痛さは随分和らいでいた。とびきりデカい音楽がかかるドラッグストアの前で、けたたましいセールの声に紛れて伝える。

「助かった、本当にありがとう」

丸山は息を吹きかけて温めていた指の隙間で、人懐っこそうにくしゃっと笑った。

「お役に立てて良かったです」

何となく照れ臭くて目を逸らした。信号が青になり、止まっていた世界が一斉に動き出す。俺は上手く歩けなくて少し出遅れてしまったが、丸山もそれに合わせて歩いてくれた。慣れない松葉杖で脇の下がじんと痛む。安静にしなきゃいけない。最悪なはずなのに、踊れなくなったことに安心している自分がいた。

松葉杖の人間が1人増えたところで世界は何も変わらない。吐く息の白さが増すにつれて、学校も世間もどんどん今年を締めくくろうと駆け足になっていく。

『12月の後半集まろうぜ！　忘年会しよー』
『賛成！　みんなの近況も聞きたいし』
『来年になったらさ、皆でNYに会いに行こうよ』
『めっちゃアリ！』
『俺バイト忙しくて今月末厳しいかもー』
『え、冬真バイトしてんの!?　いけそうな時あったら合わせるから教えて』

ありがと、と手を合わせるスタンプを送るとどっと疲れが来る。バイトのシフトは佐古田さんが替わってくれたって聞いた。放課後、ただ家でゴロゴロしているだけの毎日はすごく疲れる。

YouTubeも見飽きて、何となくテレビ台の下にある棚を開けてみた。父さんの古いDVDに交ざって透明なケースに日付が書かれたものも挟まっている。俺が5歳、ダンスを始めた頃だ。手こずりながらDVDを再生してみると、画面サイズの小さい粗い映像が流れ出した。狭いステージを映した定点映像で、ざらざらした音の洋楽も聞き覚えがある。俺の初めてのダンス発表会だ。座りすぎて疲れた腰の怠《だる》さも忘れて画面に見入る。

大人2人が両手を広げたらいっぱいになりそうなステージの上では小さい子供たちがお揃いの蛍光色の衣装を着て手足を広げて踊っていた。振り付けもダウンや簡単なステップばかりで、ただ覚えましたという動き。

どれが自分なのかも怪しかったけど、ソロパートになってすぐに分かった。誰よりも自信満々で、ちょっと鼻につく踊り方のこいつだ。変なところで首を動かす癖も今と変わらなくて笑ってしまう。下手なのに心の底から楽しそうで、この頃の自分が羨《うらや》ましい。

『冬真が踊ってるの見たらお母さんも嬉しいな』

温かい手が微《かす》かに蘇った気がした。確か丁度このくらいの時期に初めて母さんに連れて行ってもらったプロのダンスの大会でＨＩＲＯさんを見たんだ。チームで踊っていたのに目が吸い寄せられた。皆と同じ振りなのになぜかずば抜けていて、俺もこんな風になりたい！　って帰り際ずっと話してたらしい。あの頃の自分が今の俺を見たらどう思うんだろう。それにＨＩＲＯさんだって。あんなに上手かったのに、なんで先生なんかに。

あの頃は母さんに褒めてもらえるのが嬉しかった。ダンスを見せたら喜んでくれるのが嬉しくて、踊るのが楽しかった。じゃあ今は？

しばらくそのままぼんやりと座っていた。あぁ、そういえば腰が痛かったんだ。ソファの上で体を捻《ひね》るとリビングの端にある洗濯物の山が目に入った。……今日はもう寝よう。

ずっと着けていないピアスの穴は、もう閉じかけている。


今はダンス以外を磨くしかない。演技レッスンは月2回あって、短い台本を片手にそれぞれ配役を割り振られて演技をする。芝居調のダンスや演劇の中でのダンスもあるし、ダンスにも演技力の勉強は有益なはずだ。

一番端のパイプ椅子にだらんと身を預けてレッスンが始まるのを待っていたら、「冬真ちょっといい？」とＨＩＲＯさんがドアのところから手招きをしていた。何事かと周りの視線が俺に集まる。ＨＩＲＯさんは今日レッスンがないからか、いつものキャップも被らず袖《そで》の長いＴシャツをラフに着ていた。心配して来てくれた？　じわりと喜びが湧いてくる。

松葉杖をついてドアの外に出ると、ＨＩＲＯさんの隣に丸山がいた。

「悪いんだけどさ、莉子にダンス教えてやってくんない？　レッスンの前の30分とかでいいからさ」

あんぐりと口が開く。話が呑み込めない。

「俺、見ての通り脚怪我してて、すみません」

松葉杖を片方持ち上げてみせた。当の本人はもじもじと視線を泳がせている。

「見てアドバイスしてくれるだけでも助かるんだよ。時間厳しかったら大丈夫だけどさ、冬真は絶対人に教えるのも上手だろうなって思って頼みに来たんだ。俺がつきっきりで教えるのも難しいし。でも、莉子に教えることで今の冬真に足りないものも見つかるんじゃないかな～」

挑発的な目で瞳《ひとみ》を覗き込まれる。俺に足りないもの？

「急にすみません……。あの、無理そうだったら大丈夫なんです」

丸山が暖かそうなクリーム色のニットに身を包んで申し訳なさそうに話す隣で、HIROさんはニコニコと微笑んでいる。熱い。放出出来ない熱が体の中に溜まっていく。とん、とん、と松葉杖で床を叩《たた》く。

「……分かりました。30分だけでいいんですよね」

「よっ！　冬真！　冬真ならやってくれると思ってた！　本当にありがとうな」

断りたかった。でもＨＩＲＯさんにがっかりされるのも怖かった。俺のことなんて見てもいないのに。

「その代わり、脚が治ったらＨＩＲＯさんが本気で教えてください」

「いつも本気なんだけどな〜。いいよ」

おちゃらけているようで真剣な目にいつも調子が狂う。演技頑張れよー、と背中を押されてスタジオに揃って入った。

「あの、本当にありがとうございます」

「病院の恩もあるしな。俺が教えるからには上手くなれよー」

前美華に「いい子ぶるのずるくない？」と言われたけど、器用に生きるためにはそうしなきゃいけない。絞り出した俺の笑顔に気づかず、丸山は「よろしくお願いします」と安《あん》堵《ど》の笑みを浮かべる。人を、夢を信じて疑わない目だ。きらきらとまとわりつく視線に逃げ出したくなった時、

「冬真、脚大丈夫〜？　まじ可哀想だけど、練習し過ぎて怪我するって冬真っぽいね」

スタジオに入るなり声をかけてきた美華に助けられた。俺たちはお互い何事もなかったかのようにそっぽを向く。

美華は丸山を一瞥《いちべつ》してから俺の左隣に腰を下ろした。２つ後ろに座った丸山が、誰かと話す声が聞こえてくる。丸山はこのスクールに友達なんかいないと思っていたから、少し

気になって聞き耳を立てた。相手は元子役かなんかでドラマにも出てたりした、演技が飛び抜けて上手いやつだ。

「演技レッスン初めてで緊張するー。つむぎちゃんいてよかった」

「演技は上手い下手を置いておけば誰でも出来ることなので、多分何とかなります」

岸つむぎは周りを見下したような態度の一匹狼で、他の奴と喋っているのなんて見たことがない。関係ないのに、その会話を聞いていると心が黒いもやに覆われた。大してパッとしない丸山はＨＩＲＯさんに気に入られて、ここで友達も作ってうまくやっている。前のスクールでは、俺がずっと1番だったのに。

美華が隣で何か話しているけど、全然頭に入ってこなかった。気づけば美華も喋り飽きたのかスマホを触っていて、レッスン開始を前に浮き足立つスタジオで俺と美華だけが黙りこくって座っていた。


松葉杖をついたままスタジオに入ると、丸山はもう汗だくになっていた。

「こんにちは！　来てくださってありがとうございます！」

真っ直ぐ向けられる笑顔に少し後ずさりする。

「改めて、丸山莉子です。高校1年生です。今日はよろしくお願いします！」

「森冬真です。高2だから1個上か。こちらこそよろしく」

丸山に合わせて明るめに声を出す。適当にそれっぽくやろうと思って来たけど、もう既に面倒くさい。丸山は学校でも目立つって訳でもない真面目そうな雰囲気で、どう接していいかもよく分からなかった。

「じゃあ時間もないし始めるか。12月の課題曲でいい？　とりあえず踊ってもらって、ここはこうしたらいいとかアドバイスしていく感じにしようかな」

人にダンスを教えたことがないから、昨日の夜、どう進めるか悩んだ。俺は松葉杖をそばに置き、鏡にもたれてあぐらをかく。スピーカーから流れる音が気まずさをかき消していった。

「もっと腰をしっかり落として、重心を下に。あとここはパドブレっていうステップだからちゃんとリズム聞いて合わせること」

「こうですか？」

「うーん……、なんかダサいな。もうちょっと脚幅広くしたら？」

肩幅より広めに脚を開き、振りと同じ形を作っているのだが、どこか間抜けな印象が否めない。窓の外では、ビルに反射していたオレンジがどんどん闇に呑み込まれていく。

「何が違うんだろ、明らかに変なのは変なんだけど……」

言葉だけで踊りを説明しようとなるとイメージ通り伝えられず、もどかしさに頭を掻《か》きむしる。結局上手く教えられないままレッスン時間が近づいて、自然とまた次のレッスン前に、という流れになってしまった。

きゅ、きゅ、と床に擦れる靴音が気持ちいい。レッスン自体は後ろの端の方で、用意してもらった椅子に座って見学するだけ。自分より下手な踊りを見て学ぶこともないし、この間は履き込んだレッスンシューズの汚れを見てあくびを噛み殺していた。

そういえばＨＩＲＯさんはどうやって教えているんだろう？　顔を上げてみて、今いる左端の位置からだと、鏡越しにスタジオの全体が見えることに気づく。丸い薄オレンジの電球がそれぞれの背中を照らしていた。ＨＩＲＯさんが教えているのを聞いてみると、的確にその一人ひとりの踊り方や体の構造を把握して指示していた。あの中にいた時は、ＨＩＲＯさんが他人に教えている時間は無駄だと思っていたけど、聞いてみると意外と面白い。

全体をざっと見ていると、それぞれの癖が見えてくる気がした。美華は力を入れるのが下手だけど、それっぽい形に魅せるのがうまい。岸は、決してうまくはないが基礎はある程度整っている印象だ。

流した視線が、人一倍カロリーを消費していそうな動きに吸い寄せられていく。曲についていくのがやっとなくせに、誰よりも必死に腕を振り回して、楽しそうに踊っている。下手だ。練習不足とかじゃなく、スキルが全く追いついていない。出来ないくせにクールな曲で表情を作って持ちうる限り全力を出しているのが余計に痛々しい。

まるでこの間見た小さい頃の俺だ。丸山を見ていると、じっと座っているだけなのに全身の毛穴から熱い何かが吹き出し落ち着かない気持ちになって、俺は逃げるように丸山から目を逸らした。

あれから3回練習して、「莉子」「冬真さん」とお互い名前で呼ぶようになっていた。先生役が板についてくるにつれて縮まる距離が意外と心地よくて、少し怖かった。

今日もレッスンが終わって帰ろうとしたところでＨＩＲＯさんにちょいちょい、と手招きされた。

「どう？　莉子は。しっかりやってる？」

また莉子。「はい」と頷くとＨＩＲＯさんはキャップを脱ぎ、短い金髪をさっと手で整えた。

「冬真も忙しいのにありがとな。なんかヒント見つかった？」

「まだよく分かんないっす。結局脚が治んないと何も出来ないし、今はただ無駄な時間な気がします」

「どうなんだろうねぇ」

にやりと細めた視線は、昔一目惚《ひとめぼ》れしたＨＩＲＯさんを思い出させる。

「ずっと聞きたかったことがあるんですけど」

大袈裟《おおげさ》なくらい心臓が鳴るけど、意を決してぶつけた。

「何でここで先生をしてるんですか？　ＨＩＲＯさんだったらまだダンサーとして活躍出来るんじゃ」

カラカラと明るい笑い声にびっくりして声が詰まる。俺の頭にぽん、と手を乗せた。

「冬真は若いなぁ。ダンスボーカルグループに入りたいんだっけ？　テレビで冬真見られたら感激だろうなぁ」

子供扱いされてムッとする。ＨＩＲＯさんは黙ったままの俺を見て、おちゃらけた空気を一変させ、声のトーンを落とした。

「30過ぎたくらいでさ、新しい世代を育ててみたいって思ったんだよね。ダンスの楽しさを別の形で伝えたいって。そん時丁度ここに声かけられてさ。教えるのも楽しいよ」

俺は勝手に悔しい気持ちになる。ＨＩＲＯさんならもっと上にいけるのに。ダンス専門のスクールで教えることだって出来ただろう。顔に出ていたのか、「まぁまぁ」と困ったような顔で笑われた。

「冬真もいつか分かるかもね。今はやりたいようにやりな」

ガラス越しに生徒たちのざわめきが遠く聞こえる。黙ったままの俺に、HIROさんは考え込むように唸《うな》って、ニッと歯を見せた。

「冬真はさ、もっと肩の力抜いたらいいよ」

楽しむのが1番！　なんて軽い調子で、ガラスの扉を開け放したまま颯爽《さっそう》とスタジオの外へと出ていってしまった。色素の薄い茶色い瞳が視界から消えていかない。

じっとりとした気持ちのままエレベーターを待っていると、ポケットでポロンポロン、と連続して音がした。神経の繋がった体の一部くらいすぐに反応してしまう。目に飛び込んできた『New York』『ストリートの聖地』『Enjoy!』の文字に、また自分が最低の人間になってしまう。自分の体からこんな無駄なものを切り離せたらどんなに楽だろう。

「冬真、何してんの？　最近」

背後からの声に咄嗟にスマホをパーカーの前ポケットに滑り込ませる。美華が眉間《みけん》に皺《しわ》を寄せて、腕を組みながら俺の横に並んだ。その「美華」らしい態度に面倒の臭いがプンプンして、タイミングの悪さに内心舌打ちをする。

「あいつにダンス教えてんでしょ」

エレベーターはまだ1階から上がってこない。返事をしない俺に痺《しび》れを切らし、美華は指でイライラとリズムを刻みだした。

「HIROさんに頼まれたから仕方なくやってるだけだよ」

それでも俺を睨《にら》み付けている視線に腹が立ち、「別に美華には関係ないだろ」と突き放した。美華にキレられる筋合いはない。チン、とエレベーターが空気を読まない音を鳴らし、2人を乗せた密室は重い空気をより濃くする。

「だって冬真が教える義理ないじゃん。何？　ああいうのがタイプなの？　趣味わる」

馬鹿にしたような口調で笑われ、流石《さすが》に頭に血が上った。美華はいつも後先考えずに感情を爆発させる。そのいかにも甘やかされて育ったって感じも、今日も手にしているブランド物のバッグも、何もかもが鬱陶しい。俺だって金さえあれば、環境にさえ恵まれたら、こんなとこにいなくてよかった。

「お前には関係ない」

低い声にそれまで騒いでいた美華がぴたりと止まった。

「……恵まれた環境で育ったくせに。美華も来れば？　莉子の素直なとことか真面目なとことか、美華にはないものばっかだよ」

チン、とドアが開き空気が押し出された途端に冷静さが返ってきて、怒りのあまり黙って震える美華に気づいた。「ごめん」とだけ残し、密室から逃げ出す。もう松葉杖をつくのもかなり慣れて、そこそこのスピードも出るようになった。凍《い》てついた風が体中を突き刺すように後ろに流れていく。

あークソ。

ただの八つ当たりだ。まだ苛立ちは収まらないし、何に腹が立っているのかも分からなかった。松葉杖を1歩前について、それに体重を預けて進んでいく。踏み出す度に、前ポケットに入れたスマホがずん、と小さな衝撃になった。大した重さでもないのに、下に下にと俺を引っ張っているのを確かに感じる。

ふと松葉杖を脇から外し、右脚にゆっくりと体重を乗せてみた。ぐ、と右脚に力をかけると、2週間ぶりに動いた筋肉がみしみしと躍動するのを感じ、次の瞬間、じんじんと燃えるような痛みが走った。俺は脳が右脚を動かすなと必死に送る信号を無視して左脚、右脚とゆっくり歩みを進めていく。

人混みを逆走しても、川の真ん中に置いた石みたいに俺の存在なんて関係ないし、流れは変わらない。無意識に、痛くない方の左側に体が傾く。ビルを1つ2つ越えただろうか。耳は凍えるくらいに冷たいのに、痛みを伝えるように体中からはどろりと脂汗がにじみ出た。歩みを止めて電柱に寄りかかっても、右腿は熱を帯びてズキズキと悲鳴を上げ続ける。

全部に逆らいたいのに、もうこれ以上は、進めない。

固く握った拳《こぶし》で腿を叩く。冷えて青白くなった拳は、強く握っても感覚が鈍い。目まぐるしく映像が変わる電光掲示板に照らされてチカチカと目が眩《くら》んだ。

このまま壊れてしまえばよかったのに。もう二度と踊れない脚になって楽になりたかったのに。体が、本能がどうしてもそれを拒んだ。

ダンスをするのが辛《つら》い。俺は前のスクールでずっと1番だった。母さんもいて、踊れば褒めてくれて、あの頃は全部が楽しかった。でも、気づけば周りの奴らはどんどん先に進んでいて俺は置いてけぼりだった。金があれば、環境さえ違えば俺だってそうなれたのに。頑張らなきゃ。頑張らなきゃいけないのに、何のために頑張らなきゃいけないのかもう分からなかった。

いっそのことダンスが出来なくなればこの気持ちからは解放される。そう思ったのに、本能はこれ以上体が壊れるのを拒んだ。でもやめる決断をする勇気はなかった。ダンスは俺の人生で、やめたら今までの努力が全部消える。続けるのも諦《あきら》めるのも、どっちも同じくらい苦しくて、どこにも出口なんてない。

ダンスが楽しかったあの頃に戻りたい。

満面の笑みで楽しそうに踊る莉子の顔が浮かぶが、すぐに大音量で歌うトラックにかき消されていった。必死に踊るあいつは小さい頃の俺だ。ただダンスを楽しんでいるあいつを見ていると、今の冷え切った俺が映し出されるみたいで目を逸らしたくなる。

気づけばここは前に美華の写真を撮りに来た辺りで、イルミネーションが眩《まぶ》しく輝いていた。遠くで見ると綺麗でも、近くで見ると、葉が落ちきった木にグルグルと巻きつけられた電飾はどこか虚しく感じる。自分にはどうしようも出来ない環境のせいで存在を見失っている。

……認めたくないけど。

莉子が羨ましい。それは多分俺だけじゃない。莉子のダンスで胸のどこかがふつふつと沸き立ってしまうことに、美華も他の連中も気づきたくなくて、嫌いだというフィルターを通して見ないふりをした。夢を持ったばかりの、きらきらと真っ直ぐな姿勢が眩しかった。

流れ続けていた車が赤信号で止まり、連なった赤いランプが街のイルミネーションに溶け込む。莉子だって、いつか壁にぶつかって立ち止まるだろう。俺はそれを必死に願う最低の人間だ。

松葉杖は今日から無くなったが、今年最後のダンスレッスンも見学で終わった。冬休みに入って平日昼間のレッスンだったため、外が明るくて変な感じがする。クリスマス当日の浮かれた空気のせいか、皆いつもより帰り支度が早く、スタジオにはもう誰もいなくなった。俺も軽いストレッチを終えて帰ろうと少し遅めにビルから出ると、こげ茶のくりくりとした瞳が俺を見るなり駆け寄ってきた。

「この後空いてますか?」

白いマフラーに顔の半分を埋《うず》めた莉子が鼻と頬を赤くして上目遣いで俺を見る。戸惑って言葉が出ないうちに、莉子は焦ったように話を続けた。

「ママに、お礼した方がいいって言われたんです。折角ならご飯とかご馳走《ちそう》させてもらったら? って。年を越す前にと思ったらたまたまクリスマスになってしまったんですけど、難しいですよね。ごめんなさい」

声をかけられて小さく跳ねた心臓が虚《むな》しい。この後の予定は無かったけど、クリスマスに寂しい奴だと思われるのも癪《しゃく》で答えあぐねていると、「やっぱり無理ですよね」と申し訳なさそうに頭を下げられた。

莉子と飯に行くのも面倒だし、1人で食って家に帰るかと考えた時、財布の中がすっからかんなことを思い出した。怪我したせいで今月のバイト代は1万もないけど、父さんに頼んで心配をかけるのも嫌だ。年下の女子に奢《おご》られるのは不本意だけど……。

「夜までなら行けるかも」

そう答えるとぱっと莉子の顔が晴れた。一瞬だけ脳裏を美華の顔がよぎったけど、今頃友達か彼氏とでもいるだろう。

ただ、回っても回っても良さそうな店は予約でいっぱいで、入り口で軒並み断られてしまった。

「本当にすみません！　こんなにどこも混んでるなんて考えてなくて、歩き回らせちゃいました」

莉子は心配そうに俺の右脚に目をやる。真っ赤な鼻がトナカイみたいだ。俺はまだ完治ではないものの、自分の脚で歩けるのが嬉しくて苦ではなかった。

「俺、空いてるとこ知ってるかも」

手を繋いで歩く人たちの合間をぬっていつもの道に出る。見知ったはずの通りもきらきらと飾り付けられ、よそ行きの格好をしていた。

店の中も、レジの横に居心地悪そうにちょこんと座るサンタクロースと小さなツリーが飾られている。入り口はテイクアウト客が多く店員も慌ただしそうに駆け回っていたが、クリスマスに回転寿司に来る客はやはりそれほど多くなく、店内はクリスマスに興味ありませんといった顔でカウンターに座る一人客と、家族連れ、外国人くらいだった。

「ごめん、寿司で良かった？」

「お寿司大好きです！　空いてるところがあってよかった〜」

寒い中歩き回っていたのもあり、ほっとする空気に鼻水が出た。いつもと変わらないメニューを注文して、つい期間限定の小さなフライドチキンも注文する。母さんが生きてた頃はハンバーグを作ってくれたな、なんて思い出してついでにハンバーグ軍艦も追加した。

ピロリン♩、とすぐに頭上のレーンに載って運ばれてきた寿司をお互い無言でテーブルに並べていく。莉子は意外と新しいもの好きなのか、期間限定商品を多く頼んでいて、2皿あるフライドチキンにお互い顔を見合わせる。最後の皿を手に取った時、莉子が口元を綻《ほころ》ばせた。

「意外です」

そう言って俺の前にハンバーグの載った寿司を置く。クリスマスですもんね！　とどこか嬉しそうだ。つやつやと光を受ける照り焼きソースが今更恥ずかしい。

「美華はいつもサーモンとか玉子ばっか食べるよ」

え?!　といい反応を見せる姿に、心の中で美華に謝る。

「回らないお寿司しか食べなそうなのに……。私、スタジオに通ってる人たちって皆おしゃれで、私とは違う人なのかなと思ってちょっと怖かったんです。だから冬真さんも回転寿司来るって分かって安心しました」

「俺は普通だよ。美華とかは……俺とは違う世界の住人」

似た者同士だとしても、埋められない溝がある。ダンスが出来て、見た目も悪くはなくて、大抵のことは器用にこなせて、俺は恵まれた人間だと思っていた。美華も同じだって。でも違った。俺には美華とも、前のスクールの皆とも、埋められない深い溝があった。

「莉子さ、スクール楽しい？」

出来るだけ何の感情も含まないように、フライドチキンの骨をいじりながら聞く。

「楽しいです！」

莉子は口に運びかけたツナ軍艦を持ったままにこにこと続ける。

「最初は本当についていけなくてしんどかったんですけど、HIRO先生と冬真さんのお陰でダンスが楽しくなってきました。お2人を見てると、こんな風に踊れるようになりたいって思えるんです。それに、初めて冬真さんを見た時、同じ高校生でもこんなに踊れる人がいるんだって感動しました。冬真さんのダンス、すごくかっこよくて……！　早くまた踊ってるところ見たいです」

希望に満ちた目でそう言われ、俺は黙ってハンバーグ軍艦を口に放り込む。甘いソースが口いっぱいに広がって、何となく懐かしい。

莉子が壁にぶつかることを願った自分が恥ずかしい。ＨＩＲＯさんはダンスの楽しさを伝えたい、教えるのが楽しいと言っていた。俺にも、小さい頃の俺みたいな顔で踊る莉子を見て嬉しいと思える日がいつか来るんだろうか？

ミニショートケーキを食べ終えてクリスマスも一通り味わったところで、そろそろ行くかと立ち上がる。年下の女子に奢らせる気まずさを感じながら、「お礼なんで！」とセルフレジにお金を吸い込ませる莉子を横で眺めた。店を出るとお互い話すこともなく、その場で解散の雰囲気になる。

「ありがと。ごちそーさま」

「こちらこそ今日はありがとうございました。メリークリスマス！」

良いお年を！　と白い息を吐き出しながら莉子は遠慮がちに手を振って消えていった。

腹が満たされたせいか、何となく体が温かかった。

最寄駅になると都心よりは浮かれた空気が薄くなったが、家路につく人たちはチキンやケーキの箱を提げている。見慣れた帰り道、駅近くのコンビニ前にも長テーブルが置かれ、簡素なＰＯＰと共にクリスマスケーキが並んでいた。気温が10度を下回る中、店頭では寒そうなサンタ服を着て呼び込みをしている。俺だったら絶対断るな……と足早に通り過ぎようとしたら「森くん？」と声をかけられた。

頭の上で赤い帽子をへたらせた佐古田さんは、オーナーが経営してる別の店舗での応援に駆り出されたらしい。

「寒い中大変っすね、頑張ってください」

「森くんも1個買って行ってよー！　これ売り切らなきゃいけなくてさ」

テーブルにびっしりと並んだケーキに罪悪感も浮かんだけど、

「俺まじで金なくて、すいません」

「じゃあ俺が奢ってあげる！　ちょっと待ってて」

有無も言わさず店内へ駆け込んでいき財布を取ってきた佐古田さんに押し切られ、気づけばホールケーキを持たされていた。佐古田さんは人通りが少なくても笑顔を絶やさず、俺とやり取りをしている間も隙あらば大声で呼び込みをしている。

「なんでそんなバイト頑張れるんすか？」

「どうせやるなら楽しい方が良いじゃん。適当にやってもいいけど、それはそれで面倒だもん。ケーキ売れたら結構嬉しいよ」

「しんどいとかは……？」

「そりゃしんどいよ」

ポケットから出したカイロで手を温めながらさらりと言い切る。俺はダンスをするのがしんどくて苦しくて、いつからか楽しいと思えなくなった。しんどいのに楽しい？

「佐古田さんの言うこと、俺にはよく分かんないっす。好きなことでも、ずっとやってたら楽しくなくなるし」

「そりゃ楽しいは楽とは違うからね。好きなことが全部しんどくない訳じゃないよ」

目が合った人への呼び込みも続けながら、また人の流れが落ち着いたのを見計らって体ごと俺の方を向く。

「自分がどうなりたいかじゃないかなぁ。森くんはどうなりたいの？　それが見つかるといいね」

考えこんでいると、何の前触れもなくはらはらと雪が落ちてきた。わあ、と周囲で歓声に近いざわめきが広がる。小さな白い粒が地面を薄らと染め、雪はイルミネーションの一つのように街に彩りを加えていった。

「クリスマスケーキいかがですかー！」

やけになって俺も大きい声を出してみたら、サラリーマンの男性が引き返してケーキを手に取ってくれた。佐古田さんと一緒にガッツポーズをする。

はらはらと舞う雪のように「どうなりたいの」が心の底へと落ちていく。

あの頃はただ、母さんに褒めてほしかった。踊ったら、母さんが喜んでくれるのが嬉しかった。音に乗って体を動かすだけでも楽しかったのに、いつからダンスが義務になってしまったんだろう。

俺はまた楽しく踊れるようになりたい。莉子みたいに、小さい頃の俺みたいに。

どこからかマライア・キャリーの伸びやかな歌声が聞こえる。耳慣れた高音に合わせて、体が自然とリズムを取っていた。どうなりたいかすぐには分からないけど、俺は今、この音に合わせて踊りたい。

深呼吸をして、肩の力を抜く。佐古田さんのサンタ帽を奪い取り、クリスマスの浮かれた空気に混じった。恥ずかしさを捨てて、心の赴くまま体を動かしてみる。誰のためでもなく自分のためだけに踊る。隣で佐古田さんは訳も分からず手拍子してくれて、最後は2人で歌っていた。

足早に家に向かう人たちもどこか幸せそうに見える。歌声と笑い声が、口から漏れる白い息が、高く高く、真っ暗な空へ吸い込まれていった。

藤原美華

Mika Fujiwara

ゴーン、ゴーーン、ゴーン……。乱雑に鳴らされる鐘の音は大きさも長さもバラバラ。一歩ずつ列を進んで少しずつ順番が近づいてくる。大晦日《おおみそか》の夜中は、突き放すような寒さだ。

「美華、ママ撮ってるから、しっかり鳴らしてきてね。せっかく予約も取れたんだし」

除夜の鐘は108の煩悩を祓《はら》うためにつくらしいけど、WEB予約で勝ち取った煩悩まみれの参加者たちがついてもご利益なんて無さそう。

階段を何段か上り、自分の何倍もあるような大きな鐘の前に立つ。お坊さんに支えてもらいながら、天井から吊《つ》るされた重い棒に付いた紐《ひも》をしっかりと両手で持った。

ゴーーーン。

地面から響くような大きな音がお腹の底まで響いて、何となく厳かな気分にさせられる。音の余韻が消えた頃、参拝客でいっぱいの境内の騒がしさが戻ってきた。人混みの中、手を振って大きなOKサインを作るママの姿を見つけた時にはもう、背後で鳴る鐘の音色には、何のご利益も感じられなかった。

「ちゃんと撮れたからまたSNSにアップしなさいね」

ママとお揃いで買ってもらったブランドものの黒いダウンコートは、着膨れしないのにぽかぽかと熱を保ってくれる。でもやっぱり高2にもなって親子でお揃いなんて恥ずかしくて周りの視線が気になった。今年最後って言葉にも飽きたし、数時間いる人混みにも疲れてきて、隣を歩くママに話しかける。

「パパは?」

「寒いからって車に戻った。……そういえば甘酒ってすごく健康にいいのよ。もらいに行きましょう」

耳にこびりつくほど鳴っていた鐘の音も気づいたら聞こえなくなっていて、代わりに10、9、8、7、と大声でカウントダウンする声がちらほらと上がっていた。ママは振り返りもせずどんどんと先に行ってしまう。

ハッピーニューイヤー!!! と近くにいた大学生集団がスマホに向かって叫んでいる。やっぱり、除夜の鐘に意味なんかない。冷え切った手先を息で温めながら、誰よりもしゃんと歩くママの背中を追いかけた。

暖房で乾いた車の助手席で、しゅ、しゅ、とさっきママが撮ってくれた写真のデータをゴミ箱に入れていく。正直ママの写真はイマイチなことが多い。さっき撮ってもらった写真も顔が暗かったり、微妙な映りばっかりだ。けど使わないと機嫌が悪くなるし、前にスマホを投げつけられたこともあった。今日の写真を一通り選別して、パッと画面に表示されたのは前に冬真が撮ってくれた写真だった。

メッセージアプリを開いても、来ているのはショップからのDMだけ。冬真とのトークを開いて、送っていないままの『あけおめ！　今年もよろしくー』を削除する。どうせ丸山莉子から送られてきてるでしょ。高速道路で家に向かう車内は、カーナビから流れるお正月特番の笑い声だけが響いていた。窓の外では退屈な壁がずーっと流れていき、だんだんとビルが大きく見えてくる。車の窓にこつんと頭を倒すと、時折大きな振動が伝わってきた。冷たい窓からじんわりと頭皮まで冷たさが伝わる。頭を冷やさなくたって、醒《さ》めるものなんてないのに。

「あけおめー！　お正月から配信見てくれてありがとー。今年もよろしくね！」

誰もいない部屋で小さな画面に向かって笑顔を作る。白とグレーを基調にした美華の部屋は結構広い方だと思う。グレーのリネンで統一したふかふかのベッドを背にして座っても目の前にはまだ結構余裕があるし、ウォークインクローゼットにはたっぷり服がかかっている。ほとんどママが選んでくれたものだ。

スマホの横に設置したリングライトに照らされて目の中に丸い光が映る。スマホの画面に流れるコメントの文字を読み上げながら、配信のリスナーとやり取りをする。

『あけおめ～』

「のりのり侍さん！　あけおめ～」

『正月の夜にもみかりんの配信見れて嬉《うれ》しい』

「みかも冷やし太郎さんが見に来てくれて嬉しい～」

〝エフ　ギフト5000〟

「エフさん！　お正月ギフトありがと～

初詣《はつもうで》どこ行った？　えっとねー、あの、なんか鐘鳴らせるとこ、なんだっけ、忘れちゃった」

あはは、と自分の笑い声だけがしんとした部屋に響き、ふと虚《むな》しくなる。もくもくと水蒸気を吐き出す加湿器から、ピチャピチャ、と相槌《あいづち》のように水の落ちる音がした。

「今日もギフト沢山ありがとうございました！　今日も1位はエフさん！　いつもありがとう♡」

ギフトというのは、配信中にリスナーが送ってくれる有料のアイテムで、いわゆる〝投げ銭〟というものだ。ギフト代の数%が美華に入る仕組みになっていて、この収入だけで生活している人もいるって聞くけど、美華はまだそこまでじゃない。

「今年もよろしくね！　みかりんルームの登録もよろしく〜！　それじゃ、またねー！」

配信終了、のボタンを押した瞬間、暗くなった画面に真顔の自分が映る。そばのライトを消しても、瞼《まぶた》の裏に光の円がまだ残っていた。硬い床に座りっぱなしで固まった首や肩を回して、少しずつ自分だけの部屋が戻ってくる。ベッドの横にあるカーテンを開くとうんと冷たい空気がしみ出した。

ママに勧められてSNSで写真を投稿していたら『配信で雑誌掲載！　トップライバーは月収数百万円！　フォロワーも爆増！』なんてメッセージが届いて、胡散《うさん》臭いと思いながらも親に頼らずにお金が入るなら、なんて軽い気持ちで1年前アプリでの配信を始めた。最初は1人で何を話したらいいかも分かんなかったし見てくれる人も少なかったけど、今は固定ファンもいて、いい時は視聴者数が100人行く日もあって意外と楽しい。月収数百万は絶対嘘だったけど。

飲み物が欲しくて、静かな廊下にぺたぺたとピンクのスリッパの音を鳴らす。どうせパパは出かけてて、ママは寝室にいるんだろう。無駄なものが何もなくて、モデルルームをそのまんま移したみたいな生活感のないリビングはいつまで経っても住み慣れない。大きな窓の枠いっぱいに夜の光の粒が遠く広がる。この中のどれかには、今配信を見てくれていた人もいるのかな？

電気もつけないままキッチンに置かれた2L《リットル》のミネラルウォーターをグラスに注ぐ。シリカが体にいいとかって美容大好きなママが大量に買っていたけど、違いはよく分からない。

「ママは美華を産まなかったらモデルになりたかったの」

何かの拍子にそう言われてから、何となく私の将来の夢もモデルになった。ママは食事や配信、撮影、色んなことに協力してくれている。スクールを見つけてきたのもママだった。

「ここ、モデルの咲《さき》ちゃんも通ってたんだって」

咲ちゃんは私も好きだったし、ダンスとか出来るようになったらいいなー、くらいの気持ちで通い始めたけど、家以外の居場所が出来たみたいでちょっと楽しかった。

空になったグラスが光を透かす。三が日を過ぎればあっという間に冬休みも終わりだ。高2も終わりかけだけど、大体皆そのまま大学に上がる。私もその予定だけど、大学に行ってその先とか全然想像出来ない。

高層階に地上の音は全然届かなくて、この世界に美華1人きりみたいに静かなお正月だった。

『今日課題一緒にやらね？』

あけおめも言わない冬真からの久々の連絡はちょっとムカついた。それでも気づいた瞬間舞い上がっちゃった自分も悔しい。写真も撮ってもらいたいし、何着て行こう？　これは多分冬真の前で着てなかったはず。

「美華、今日それで出かけるの？」

「うん、このニットまだＳＮＳに載せてないし」

「もうちょっとぴったりした服にしたら？　この間買ったタイトワンピにファーコート合わせるとかどう？」

「……分かった。そうするね」

着替え直してたら髪を巻く時間がなくなって、そのまま家を飛び出した。数日ぶりにメイクをして出た外は清々《すがすが》しくて去年より空気が新しい気がした。まだ慣れない西暦を小さく口に出してみるとちょっとだけ足も弾む。

駅から少し離れたところにあるチェーン店のカフェは、冬休みらしい学生も多くてまったりとコーヒーの香りが漂っていた。人でいっぱいの店内の奥、４人がけのテーブルのソファ側に冬真の黒いニット帽が見えた。２人だけだと思っていたのに、手を振る冬真の斜め向かいに俯《うつむ》いた小さい背中があった。見覚えのある綺麗《きれい》な黒髪。

「どういうこと？」

立ったまま2人を見下ろす形になる。ががが、とコーヒー豆を挽《ひ》く音がうるさい。

「たまたま莉子とそういう流れになって、じゃあ皆で課題やろうってなったんだよ。でも莉子体調崩して来れなくなったらしくて」

こちら岸つむぎちゃん、とぎこちない呼び方で紹介してくる。冬真の斜め向かいで人形みたいに聞いていたそいつが、私は関係ありませんみたいな顔をして脇のカバンを手に取ろうとする。

「すみません、お邪魔そうなら帰ります」

「いや、ツムギちゃんが悪い訳じゃないよ。なんかごめん」

「なんで美華が悪いみたいになんの？」

「別に……そうは言ってないけど」

冬真は気まずそうにオレンジのパーカーの紐を引っ張った。先に丸山莉子と約束してたってことか。隣は澄ました顔で課題に戻ってるし、なんか、もう。

〝ツムギちゃん〟の隣の椅子を雑に引いてどん、と腰をおろす。暖房の風が直で当たって髪が鬱陶《うっとう》しい。ヘアゴムを探してカバンの中をまさぐっていると、「これよかったら」と隣のツムギちゃんが白い手首からするりとゴムを外して渡してくれた。ありがと、と受け取ったところに冬真も被《かぶ》せてくる。

「俺、なんか買ってこようか？」

「いい、自分で行く。そんなご機嫌とってもらわなくてもいいから」

莉子。ツムギちゃん。イライラしていつも以上に言葉が荒くなった。レジの列で前のカップルがくっついてメニューを覗《のぞ》き込んでいる。「私新作のフラペチーノにする！」なんて美華も可愛く甘えられたらよかったのかな。でもフラペチーノは太るから飲めない。いつも頼むのはブラックコーヒー。本当は苦手だけど、「代謝を上げるから飲んだ方がいい」ってママに言われたから。

ホットコーヒーを両手で持って冷えた手を温めながら席に戻ると、黙々と2人が勉強していた。カップの蓋《ふた》の突起を小さなくぼみに押し込む。カポ、といい音を立てて白い湯気がゆらゆらした。コーヒーの香りはリラックス効果もあるってママが言ってたっけ。

いい香りのせいか、教科書を開いちゃえばカフェって家より楽しく勉強出来る。カフェの騒がしさも耳に馴染《なじ》んで、英語の長文が少しずつ頭に入ってきた頃、隣から「あの」と囁《ささや》かれた。

「この問題分かりますか」

タブレットに表示された問題を指差す。私は特別です、みたいな顔していつも1人でいるツムギちゃんの素直な声が意外で、シャーペンを持ったまま手が止まる。

「俺勉強苦手だし数学出来ないからなー。美華の方が頭いいよ。結構いい学校行ってるし」

「普通だし、冬真がバカなだけ」

「いやいや、美華は幼稚園受験で小・中・高と私立のお嬢さまなんだよ。今日のバッグも高いやつだしさ。エスカレーターで大学までいくんだろ？　いいなー楽で」

冬真が勝手に自慢するけど、ツムギちゃんは興味なさそうに頷《うなず》いている。知ったように話してくれる冬真が愛《いと》おしい反面、その口ぶりにモヤっとする。

ツムギちゃんが指差しているのは数Iの簡単な因数分解で、自分のノートの隅に解き方を書いてあげた。

「課題がタブレットとか今どきだね」

「通信制の高校なんで」

「あー、そうなんだ」

なんとなく沈黙が続いたからまた英語に目を落とす。「学校行かなくていいの、ずるくね？」と勉強に飽きた冬真が足をぶらぶらさせた。隣ではツムギちゃんが眉間《みけん》に皺《しわ》を寄せて数学に取り組んでいて、人間らしくておもしろい。

「やべー、俺まだわりと宿題残ってるんだけど」

「美華はこれで終わりー。つむぎ、は？」

「私今日初めて手を付けました」

「マジ？　意外すぎ。あ、てか俺脚治ったの超嬉しくてさ……」

課題を進めなきゃって思うのに、冬真の話に頷いてしまう。その陽を受けてきらきら透ける猫っ毛も、「脚怪我してる間に鍛えた！」って前よりちょっとガッチリした腕も、笑うと幼い顔も、好き。でもどれだけ一緒にいても冬真は美華の気持ちに気づかない。

冬真がずっと喋《しゃべ》り続けるせいで、課題は結局最後まで辿《たど》り着けなかった。


「こんばんはー！　みかりんルームにようこそー！」

いつもより声を高くして画面に媚《こ》びる。昼間の2人には見られたくないな。冬休みの宿題が終わりそうだとか、この間見たドラマの話とか、そんなどうでもいい話を今日も1時間、部屋で1人画面に喋り続ける。めんどい時も結構あるけど、ほぼ生活の一部だ。

『みかちゃん、今日もおつかれ〜』

「つくしさんもお疲れ様です〜！」

『初コメです。冬休みの宿題懐かしい』

「走り屋コジローさん、コメントありがと！　宿題ほんとにめんどい〜」

女の人は1日2万語喋ってるらしいって前コメントで見たけど、多分美華は家で喋んない分、配信で全部消化してる。

『初見です！　ギャルかわいい』

現実世界ではお互い絡まないタイプでも、画面の中に入っちゃえば関係ない。SNSのそういう大雑把なところが美華に合ってる気がする。

『みかちゃん今日も可愛い。僕の生きがいです』

「エフさん、今日も配信見にきてくれてありがと〜！　みかも配信見てくれる人がいるのが生きがいだよー」

自分の顔が映る画面にピースをしてみせる。画面の中でピースをする自分は知らない人に見える。SNSでもらうコメントが少しずつ自分を満たしていくのに、自分を見せる度に何かがなくなっていく感じがするのは、気のせいなのかな。

「エフさん、ギフトありがと〜！　本当いつも嬉しい！」

エフさんは配信を初めてまだ視聴者が数人くらいだった頃から見にきてくれている熱心な人だ。いつもコメントもギフトもしてくれて、数十万円は使ってるんじゃないかな？

一般人でしかない美華にそれだけしてくれるのが本当に不思議だけど嬉しい。

「でね、今日も友達と一緒に勉強しててさ、みか勉強教えてあげたりしてんの。超えらくない？」

『意外すぎるｗ』

『みかちゃんに勉強教えられたい！』

「ちょっとー！　意外って失礼でしょー。みかも家庭教師とか出来ちゃうかも」

『男も一緒だったよね。見てたよ』

流れてきたコメントに心臓が飛び出しそうになる。顔に出さないように、そっと画面をタップしてコメントを削除した。コメントは……エフからだった。

「あとね、最近お餅《もち》食べすぎちゃうー。ぜんざいってなんであんなに美味《おい》しいの？」

寒い。急に部屋の温度が下がったような気がする。「見てたよ」の文字が目の裏にこびりついて離れない。何でもない顔で雑談を続けて、「また明日《あした》」といつも通り配信を終えた時、安心して涙が出そうになった。配信がちゃんと切れてるのか不安になって、念のためスマホの電源を落としてベッドに飛び込む。

間違い探しみたいに今日のカフェでの様子を思い浮かべる。太陽がいい感じに差し込んでいて、冬真と、横につむぎが座っていて、コーヒーの苦味と……。あのどこかにエフがいた？　もしかして、今までもずっと見られてた？

鳥肌が収まらない。目の奥が痛くて、ひんやりしたグレーの布団に顔を押し付ける。今はイベント中だから、明日も配信しなくちゃいけない。ルームフレグランスのホワイトムスクをたっぷり吸い込んだ布団が甘ったるい怠《だる》さをもたらす。しばらく目を閉じてみても目の奥のチカチカは消えなかった。

「ママ、配信で嫌なことあったんだけどさ」

「何？　配信なんてあんたが勝手にやってることでしょ？　余計なストレスで困らせないでよ、皺が増える」

リビングのドアを開けながら愚痴ったら、ママはL字形のソファでテレビを見ながら普段は飲まない赤ワインを飲んでいて、パパと喧嘩《けんか》したのが丸分かりだった。今話しかけた美華が悪い。どうでもいいことで迷惑をかけちゃいけない。「ごめんなさい」とシリカ水を一気に流し込んで、ベッドで必死に目を瞑《つむ》って朝を迎えた。

眠れたのは朝方になってからで、12時くらいにやっと布団から出た。お昼に起きた日って何もかも怠い。新年から続いた快晴とは打って変わって、厚い雲が空を覆って風が吹き荒れる1日だった。

新年最初のダンスレッスンはまだ体が寝ているのか、生徒たちの大半がいつもより動きが鈍く、浮腫《むく》んでぼんやりした顔をしている。

「美華、俺もう踊れるようになった！　マジで今めっちゃ嬉しい。やっぱ踊るの楽しいわ」

「よかったじゃん。最近冬真らしくなかったしこれで完全復活だね」

普段はカッコつけてるのに、今日はおもちゃを取り返した子供みたいに休憩時間も元気に動き回っていた。今までは美華にしか見せなかったその元気さは、美華じゃなくあいつに向かっていく。

「莉子またいつでもダンス教えられるから」

「ありがとうございます！　冬真さんのダンスやっぱかっこいいです！」

全部は聞き取れないけど、冬真が絡みにいって2人で楽しそうにしてる。冬真のくしゃくしゃな笑い方とか、前までは美華だけのものだったのに。美華はずっと食べたいもの我慢して、SNS続けて、ダンスも歌もコツコツ努力してきたのに、急に入ってきて何もないあいつが持っていくなんて許せない。

ワン、ツー、スリー、フォー。休み気分の抜けていない皆に合わせてなのか、がっつり踊るよりもストレッチ感の多いメニューで、不完全燃焼の体が余計に重くなっていく。

美華はお正月も食べ過ぎないように注意して、昨日の夜だってサラダで調整したし、毎晩の筋トレもストレッチも欠かさなかった。今日だって、寝不足だけど美華はちゃんと動ける。冬でも冷房を利かせるスタジオ内も、今日は25度だ。グレー。家も空も、ずっと灰色。HIRO先生も「今日は適当でいいから」なんて、今日は空気が甘ったるくて気持ち悪い。

でも1人だけ美華と一緒で、今日の空模様と同じ顔の奴がいた。いつも1人の暗い感じの男の子だ。今日も灰色の大量生産っぽいスウェットを着て、癖の強い子が多いスクールで特徴が無いのが特徴って感じ、要するに地味。

8ヶ月も経てば何となく皆の名前も把握してくるけど、あいつは全然聞いたこともない。先生に質問したり必死な感じでなんか可哀想って勝手に思ってたけど、今日だけは仲間に思えた。あいつの爬虫《はちゅう》類みたいな視線の先も、美華と同じで冬真たちのような気がする。

「今日は改めて基礎固めしていくけど、皆家でアイソレとかステップ練習してる？」

冬真はいつも壁を作るように被っていたキャップも今日は被んないで莉子とつむぎに教えている。ヒップホップの重低音がずきん、ずきん、と胸に響く。この曲、美華が教えてあげて冬真も好きって言ってた曲だけど、もう覚えてないかな。

「どうせ愛嬌《あいきょう》があってか弱い女が全部持ってくのよ」ママかドラマかが言ってた。美華はどっちも持ってない。踊るたび冬真のやわらかい髪がふわふわと跳ねる。

こんな気持ちを吐き出せる場所、美華には配信しかなかった。

「今日は曇りだったから1日中どんよりしてたー。マジで晴れの日以外嫌じゃない？」

『分かる、やる気出ないよね』

『仕事始めしんどすぎたー』

「皆本当にお疲れ様だよー、全員えらすぎ！」

『みかりんもいつも頑張ってて偉いよ』

飛び交うコメントの文字や、色とりどりのハートやギフトに心の中も少しずつ明るく染まっていく。今は街頭の広告用のイベント中だから、皆にギフトとかを投げてもらってポイントを稼いでランキング上位に入らなきゃいけない。でも昨日のエフのコメントを思い出すと指先が震えた。

「皆はさ、どんな女の子がタイプ？　やっぱ守られヒロイン、みたいなのが好き？」

こうして何十人も配信を見てくれてるのに、冬真は美華のこと全然見てくれない。ママもパパも、美華のことなんて誰も見てくれない。

『守られヒロイン好きだなー』

「えーやっぱそうなの？　みかはー？」

『俺のタイプはみかりん！』

「森の戦士さんやさしい！　タイプ！」

『みかちゃんの全部が好きだよ。なんで昨日コメント読んでくれなかったの？』

〝エフ　ギフト1000〟

エフ。その文字が見えた瞬間、反射的にブロックを押してしまった。ブロックは、美華の配信から強制的に追い出される機能。見えなくなったエフのコメントに、じわじわと恐怖と罪悪感、そして仕返ししてやったことへの喜びが湧いてくる。

『なんかやばめのコメントなかった？　大丈夫？』

「大丈夫！　皆がいてくれたら、みかはそれだけで嬉しい」

ずっと応援してくれていたのは有難いけど、こんな奴に美華がビビらされるなんて納得いかない。多分この間のカフェではたまたま見かけただけで、構ってほしくてあんなコメントをしたんだ。後ろ髪を引かれるけどやっと肩の荷が下りたような気がした。もう忘れよう。きっと向こうも何とも思ってない。

配信が終わって伸びをすると立ちくらみがして、しばらくすると世界が元通りになる。画面の見っぱなしでじーんとした目のまま、インスタグラムを開いた。配信の感想をインスタのDMに送ってくれる人も数人いるため、配信を終えたら何となく流れで見る日が多い。『今日も可愛かった！』『配信ありがとう』ざっと見ていると、知らないIDからのメッセージが届いていた。フォロワーは0人。気になってメッセージ画面を開くと、1枚の写真だけが添付されていた。

暗い、夜の写真だった。見覚えのある並木道でピンボケした2つの人影がある。イルミネーションが巻かれた木の前で写真を撮ってもらっている美華と、スマホを構えた冬真だった。理解した瞬間全身に悪寒が走る。目の前の塊をとにかく目の届かないどこかへやりたくて、電源を落として布団の中に放り投げた。力が入らない。へなへなと部屋の真ん中で座り込んだ。腰が抜けるってこういうことなんだ、とどこか冷静な自分がいる一方で、体の震えが止まらない。送り主はエフだ。確証はないけど、疑いようもなかった。スクールから尾《つ》けられてたのかもしれない。もしかしたら、家も……？　怖くなって、開けっ放しだったグレーのカーテンを這うようにして閉めに行った。

ストーカー？　警察？　通報？　あれこれ考える中で、ママの顔が浮かんだ。いつもみたいに眉間に皺を寄せて「困らせないで、皺が増えるから」ってそっぽを向かれる。

頭の中の映像は続く。「ごめんなさい」小さい頃の美華が泣きながらママに謝っていた。どこかに行こうとするママの手を必死に引っ張ったのに、美華は広い家にひとりぼっちで残される。この時の美華はなんで謝ってたんだっけ。ただ「迷惑かけないで」っていう声が何度も響く。

ママにも、忙しいパパにも相談出来ない。自分で何とかしなくちゃいけない。誰かにすぐに助けを求めるような弱い女になっちゃいけない。

寝不足で頭がぼんやりする。冬休みも終わって今日から学校だったけど、最近はベッドで目を閉じてもエフのことが頭に浮かんで寝られない日が続いていた。3学期の始業式のあと制服のままスクールに来たけど、学校では無敵な気がするのに、集団じゃなくなった途端、グレーのブレザーやスカートは急に頼りなく不安になる。発声練習で意味のない音を大きな声で発しても、心の叫びは声にならない。

「それでは今日のレッスンを終わります」

冬真助けて。冬真気づいて。誰か助けて。誰か、誰か気づいて。

すがるように見ても、冬真の視線は莉子にばかり注がれている。美華の目は、誰とも合わない。泣いちゃだめ。弱い女になっちゃだめ。

繰り返し心の中で唱えても、帰り道にまたどこかからの視線に怯《おび》えると思うと体がすくんで動けなかった。

「美華お疲れー」

ブレザーを着た冬真が軽い調子で手を振って出ていく。がらんとした防音室に1人取り残された途端ぽろぽろと涙がこぼれた。無音の部屋に、鼻水をすする音と、乱れた呼吸だけが響く。こんな時でも声は一つも出ない。いつから声をあげて泣けなくなってしまったんだろう。頭上から降り注ぐ蛍光灯の光にすら責められている気がして、耳を塞《ふさ》いでその場にしゃがみ込んだ。行き場を失った泣き声が直接頭の中に響く。真っ暗な世界が自分の荒い息で満たされる。誰か見つけて。冬真見つけて。

ガチャン、と急に扉が開かれ、反射的に音の方に顔を向ける。淡い期待と絶望の視線の先には、この間美華の〝仲間〟だった地味男が、狼狽《うろた》えて扉の前で立ち尽くしていた。Tシャツのやる気のない犬のイラストと鼻水をすする音が微妙な空気を生む。首から提げられた名札の『久保純平《くぼじゅんぺい》』は初めて見た名前で、この8ヶ月いかに彼を意識していなかったかが分かる。

「すみません。……忘れ物取ったらすぐ出ます」

美華から目を逸《そ》らしてそーっと部屋に入り、ちらちらとこっちの様子を探りながらそっとペンを拾い上げる。その後もきょろきょろと何かを探すふりをしてたけど、面倒臭そうに小さくため息を吐いてから美華に近づいてきた。

「……大丈夫ですか」

そんな言い方だけど、それはずっと欲しかった台詞《せりふ》で、また涙が溢《あふ》れてくる。多分アイラインもマスカラも流れて真っ黒な見てられない顔だし、人前で泣いたのなんていつぶりだろう？

出口に向かおうかとそわそわしていた久保純平は、頭をかきむしって言葉を探している。

美華は必死に首を振って絞り出した。

「だい、じょうぶ」

やっと喉《のど》から出たかすれた声に、そうじゃない、そうじゃないと自分に首を振るけど、それ以上の言葉は出てこない。泣き続けるだけの美華に久保純平は「すみません」と一言だけ残して扉の向こうに出て行った。バタン、と強い拒絶の音が鳴る。もう何の涙かも分からず、酸欠でクラクラする視界の中、ガチャリと再び扉が開き、久保純平がティッシュを持ち、後ろに女の子を連れて入ってくる。困惑した顔のつむぎだった。

「急に呼ばれたんですけど、どうしたんですか？　何があったんですか？」

いつになく強い勢いのつむぎに、久保純平が必死に「俺が来たらもう泣いてて俺は何もしてない」と言い訳している。鏡に映った自分は真っ黒な目と真っ赤な鼻で見てられない。

「美華さん、大丈夫ですか？　もし話したくなかったら無理にとは言いませんが、何があったんですか？」

隣から聞こえる冷静でいて優しさのこもった声に、ぎこちなく背中をさすってくれる手に、硬い殻が剝《は》がされていく。手で顔を覆ったまま呼吸を整えた。本当は誰かに話したい。聞いてほしい。ずっと誰かを待っていた。しゃくり上げながらゆっくり顔を上げる。隣で一緒にしゃがんでくれているつむぎと、棒立ちで居心地悪そうにする久保純平にこんなぐしゃぐしゃの顔を見られていることが、恥ずかしいよりもどこか嬉しかった。

「……私、ネットで配信をしてて」

喉が締め付けられる。

「それで、ずっと応援してくれてた人がいたんです。それで……」

つむぎが促すようにゆっくり頷いてくれる。１５０㎝台前半か、美華より一回りくらい小さいのに不思議な安心感がある。

「その人に……ストーカー？　みたいなのされてて、盗撮した写真とか送られてきて」

やば、と久保純平が呟《つぶや》き、つむぎは目を見開いて固まっている。やっと言えた。心臓がバクバクする。言葉を探す2人を見ながら体の緊張が解けていくのを感じた。少しずつ息が吸えるようになって、ずっと肩に力が入っていたことに今更気づく。

「ご両親とか警察には？」

首を横に振る。つむぎのふさふさのまつ毛が何度も瞬く。

「え、なんで？　俺は絶対言った方が良いと思いますけど。危害加えられたりとか、怖いニュースもよく見るし」

余計なことを言うなという風につむぎが久保純平を睨《にら》む。そして子供を抱っこするみたいに美華を立ち上がらせて、ティッシュを渡してくれた。

寒い。泣いて体力を使ったせいか、人に話したことでストーカーの存在がよりリアルになったからなのか、寒気が止まらない。

「私の父が車で迎えに来てくれているので、良ければ家まで送ります」

「俺もそれがいいと思います」

返事を聞く前につむぎは電話をかけ、車に乗る流れになっていた。つむぎの家の車は6、7人は乗れそうなファミリー感溢れる車で、少しぽっちゃりした優しそうなお父さんが迎えに来てくれていた。2列目の座席につむぎと並んで座る。お互いシートの真ん中に荷物を置いたから2人の間に壁が出来る形になったけど、その距離感が丁度いい。そういえば美華は学校帰りで制服とスクールバッグだけど、つむぎは私服で、深い紺のカーディガンに黒い膝下丈《ひざしたたけ》のスカートを合わせている。いつも無地のシンプルな服の印象だけど地味にならずに品があるのは、本当に綺麗な子の証拠だと思う。きっときちんとした家で育ったんだろう。清潔感のある白いポロシャツのつむぎパパに向かって声を張る。

「すみません、急にご迷惑おかけしてしまって」

「いやいや全然！　つむぎが誰か連れてくるなんて珍しいから嬉しいよ」

笑い交じりの声にホッとして背もたれに身を預ける。つむぎは、その後も話しかけてくるつむぎパパに気まずそうに素っ気ない返事をしていた。

スクールから美華の家までは車で20分くらい。タクシーでもいいけど、誰かがいる安心感は想像以上だった。線になって流れていく光も、暖かくて乾燥した空気も、信号待ちの沈黙も同じはずなのに家の車より気持ちが落ち着く。つむぎが詳しく詮索《せんさく》してこないのも有難かった。

いつの間にか落ち着いたクラシックが流れていて、つむぎパパが鼻歌を歌っている。ピアノの旋律が心地好《よ》くて強烈な眠気が襲ってくる。気づいたらまぶたが落ちてくるけど、他人の車で寝るのは悪い気がして眠気覚ましにつむぎに話しかける。

「つむぎ、兄妹いるの？　チャイルドシート見えたから」

後部座席を目で示しながら聞くと、つむぎはおひさまみたいな柔らかい顔をした。

「妹がいます。５歳で、次から小学校入学です」

「つむぎは結構いいお姉ちゃんなんだよ。面倒見もいいし、お風呂《ふろ》とかも入れてくれてたもんな」

それは結構前でしょ、とすぐにいつもの素っ気なさで窓の方を向いてしまったけど、夜景に照らされる横顔は穏やかだった。つむぎパパはお構いなく「つむぎは昔な……」と姉妹の昔話を続けて、久しぶりの和んだ時間にまた泣きそうになった。

結局眠ってしまっていたらしく、右肩を優しく叩《たた》かれて目が覚めた。ぼやけた視界に自宅のマンションが映りげんなりしてくる。立派なマンションだなー、と窓にくっついて上を見ようとするつむぎパパをよそに、つむぎがカバンの壁を越えてこっそり顔を寄せてくる。

「言いにくいかとは思いますが、親御さんには絶対話してください。心配をかけたくないのかもしれませんが、何かあってからじゃ遅いです。私でも誰でも、手伝えることがあればすぐに教えてください。誰もそれを迷惑とは思いません」

うん、と静かに頷く。1つ下なのに自然に呑《の》み込むことが出来るのは、つむぎの人生経験がそうさせるのかな。落ちぶれた子役、なんて陰で言っていたことを心の底から恥ずかしく思う。

「本当にありがとうございました」

「またいつでも送るからね、気をつけて」

少し緊張しながら車のドアに手をかける。自動でゆっくりと開いていく隙間から棘《とげ》のような風が吹き込んできて、一瞬で現実に引き戻された。ずっと手を振ってくれるつむぎパパに会釈をして小走りでエントランスへ向かう。

オートロックを解除する間も周囲に人影がないか不安で、エレベーターのドアが閉まった時安心でへたり込みそうになった。30階まで少しずつ登っていくランプを見ながらつむぎの言葉を思い返す。親に話す……。無機質なグレーの部屋の中、パパとママの顔も灰色で浮かぶ。話したところで心配なんかしないだろう。逆にため息を吐く姿が目に浮かんだ。ママだけじゃなくパパも同じだ。物は買ってくれるけどそれだけで、美華たちに興味ないのが丸分かり。多分パパは家以外に別の居場所があって、そっちの方が居心地がいいからほとんど家に帰ってこないんだ。逆にママは友達も少ないから家以外に居場所もないけど、家も居心地が悪いからいつも不機嫌なんだと思う。前に学校でカウンセラーみたいな人が「学校や家以外の居場所を見つけてくださいね」って話してたけど、色んな場所があってもどこも自分の居場所だと思えなかったらどうしたらいいんだろ？　美華の居場所ってどこなんだろ？

　そんなこと考えてたけど、つむぎたちに話せたことでよっぽど安心したのか、その日は部屋に入ってからの記憶がなくて配信もせずに寝てしまった。でも久しぶりに一度も目覚めずに爆睡出来てすごく気持ちもすっきりした。そうだ、美華はこんなんで挫《くじ》けるような弱い女じゃないんだ。

　週末までの数日間、人通りの少ないところは避けたり、不安な時はタクシーで移動したりした。パパには出来るだけ頼りたくないけど、タクシー代は領収書を机の上に置いといたら、勝手にパパがお金を置いといてくれる。結局親には話せなかったし、パパの浮気がまたバレたところだったから話すタイミングもなかった。

そうやって注意したお陰か何もなかったみたいに平和な時間が続いたし、元々の楽観的な性格もあって少しずつ警戒心も薄れていった。そもそも直接何かされた訳じゃないし、芸能人になるんだったらこのくらい当たり前なのかな？　って気さえし始めてた。

2月を前に冬服のセールが始まってるから、スクールの前に服を買いたくて、家からタクシーで駅前のショッピングモールまで行った。パパに頼めばお金は貰《もら》えるけど、出来るだけ配信で稼いだ自分のお金で買いたい。レディースのフロアは女の子ばっかりで、エフの影も感じないからのびのび服を見られる。前までは、「この服ママが好きそうだな」って考えながら服を見ることが多かったけど、最近は冬真のことが頭に浮かんでママは大分隅に追いやられてた。だけど今日は2人とも無視して、自分が1番気に入ったものを買おうって決めてる。大好きなギャルブランドで試着して、超長いネイルの店員さんと盛り上がってたらもう美華完全復活、お店を出る頃にはすっかり元気になっていた。

ショッピングバッグを両手に提げて外に出て、人の多さと太陽の眩《まぶ》しさに思わず目を細めた。今日は1月の中でもかなり暖かい日らしい。下はショートパンツと膝までのブーツで太ももが涼しいけど、上は首元にファーの付いた黒いジャケットで脇の下がじわりと暑かった。変装のために一応つけていたマスクもマフラーも取って大股《おおまた》で歩く。頭の片隅にエフはいたけど、もう来ないんじゃないかという考えが大半を占めていた。そんな勝手な願望、叶《かな》う訳もなかったのに。

「みかちゃん」

かき消されそうな小さな小さな声だったけど、体を貫くような衝撃と確信があった。

――エフだ。

振り返ると、上下灰色のジャージ姿にマスクをした20代くらいの男が立っていた。陽射しに目がチカチカする。初めてエフを見たけど、直感で分かる。今までのコメントが駆け巡り、脳内でカンカンと警報が鳴り響いた。

じり、と一歩距離をとる。額に気持ちの悪い汗が浮かぶ。長い前髪とマスクの下でエフは笑みを浮かべているように見えた。ジャージのポケットに突っ込んだままのエフの手を見て『ストーカー殺傷事件』『包丁で』そんなイメージが次々と浮かんでいく。スマホを片手にイヤフォンを耳に挿した人たちは道の真ん中で向かい合う美華たちを鬱陶しそうに避けていった。

大声を出す？　逃げる？　どんな選択肢も最悪の未来に繋《つな》がる気がして身動きが取れな

い。エフが一歩、一歩、ゆっくりと近づいてくる。美華は一歩、一歩、後ろに下がる。

「みかちゃん、ごめんね。嫌な気持ちにさせちゃったよね。ただ、みかちゃんが離れるみたいで不安になっちゃって」

ごめんね、ごめんね、と繰り返しながら手を伸ばすエフから逃げようと足を動かすと、背後の電柱にぶつかった。もう逃げられない。手が真っ直ぐ伸びてくる。ぎゅっと目を瞑った。冬真……！

近づいてくる手の気配を感じながら、自分の心音だけがドクドクと激しく聞こえた時、

「あのすいませーん、東京駅ってどっちですかねー」

やけに間延びした気の抜けた声が割り込んできた。瞬間、元の世界に戻ったようにざわざわと音が溢れ出し、2人だけだった空間に彩りが返ってくる。あ、と思う間もなく、エフは予想外の事態にたじたじと美華と周りを見渡して、だっと背中を向けて逃げ去ってしまった。

立っていられないくらいの疲労感に襲われ、電柱に身を預けたまま、自分の存在を確かめるように何度も深呼吸をした。

「あの」

油断しきって完全に忘れていたから、近くからの呼びかけに大きく肩を震わせてしまう。

声の方に焦点を合わせると、黒いダッフルコートの前を全て閉めた久保純平がばりばりと頭を掻《か》いていた。

「なんで……」

「たまたま駅で見かけたから、一応後ろを歩いてました」

「ストーカーじゃん」

「いや、俺じゃないと思います。マジで緊張しました」

怠そうな顔をしてポケットに手を入れるとそのままゆっくり歩き出した。時々振り返りながら美華の様子を窺《うかが》ってくれる。

恐怖は火傷《やけど》みたいで、その瞬間だけじゃなく後の方がずっと痛い。今になって目に熱いものが込み上げてくる。身体中もべたべたで気持ち悪くて、ここで座り込んでしまいたかったけど、まだエフが近くにいるかもしれない。その気持ちで自分を奮い立たせてスクールへのあと数分の道を久保純平に付いていった。全身の細胞が敏感になったみたいに、視界で動く全部に反応してしまう。あと数十メートルの距離が果てしなく遠く、息を切らしながら必死に足を動かした。さっきまでご機嫌に揺らしていた両手の紙袋も今は邪魔でしかない。

「大丈夫ですか」

足を緩めて久保純平が隣に並んでくれた。

「うん、本当にありがとう」

「高3なんで、多分あなたの1個先輩です。別に敬語で喋れって言ってる訳じゃないですけど」

ボソボソと前を向いたまま喋る声を何とか聞き取る。今言うこと？　一応「ありがとうございます」って言い直したけど、仏頂面のままの横顔は聞こえているのかも分からなかった。

無事スクールに辿り着きエレベーターを降りた途端、涙が溢れてくる。久保純平の横で目を赤くした美華を見つけて、つむぎが血相を変えて飛んできた。美華たちと一緒にエレベーターから入り込んだ外の空気が、スクールの暖かさに溶け込んでいく。

「ストーカーが来た。今回は藤原さんに話しかけて襲おうとしてた」

泣いたままの私の代わりに久保純平が端的に説明してくれ、それを聞いてつむぎは露骨に顔をしかめた。

「どうしたの？」

カウンター前で騒ぐ美華たちの異変に気づき、受付のマリさんが声をかけてきた。他のスクール生にもざわめきが広がっていく。レッスン着で既に汗ばんだ様子の丸山莉子と冬真も一緒に中から出てきた。

「ここ入り口だからちょっと移動しようか」

押し黙ったままの美華たちはミーティングルームに案内された。4畳くらいの正方形の部屋には明るい木目調のテーブルと4脚の椅子しかなく、壁紙は白いレンガ調、観葉植物まで置いてあって、おしゃれなカフェみたいな雰囲気だ。

そこに流れで付いてきた冬真、丸山莉子も加えた6人がぎゅうぎゅうで入る。通路側のガラス張りの壁にダークブラウンのブラインドを下ろすと、一気に部屋は人工的な明るさだけになって窮屈さが増した。

ジャケットも脱がないまま力尽きて椅子に腰を下ろす。背もたれはおしゃれなだけで実用性がなくて硬い。でももう一歩も動けそうにない。

マリさんは紙コップに部屋の隅のウォーターサーバーで冷たい水を注ぎ、美華に渡して向かいに座った。その横に久保純平、美華の右隣にはつむぎがちょこんと腰掛ける。後の2人は美華の後ろで、きょとんとしながら授業参観みたいにぼんやり立っていた。

「レッスン前にごめんなさいね。あんまり生徒同士のことには関わらないことになってるんだけど、珍しい組み合わせだし、普通じゃない感じだったから。何があったの？」

順々に顔を見回して首を傾げる。確かに久保純平もつむぎも誰かとつるんでいるところを見たことがない。ざっくりとしたお団子で垢抜《あかぬ》けた雰囲気のマリさんはニコニコしているだけじゃなくて、意外とちゃんと見ているのかもしれない。

　下を向いたまま話そうとしない美華に痺《しび》れを切らしたのか、久保純平は「言うからな？　言った方が絶対いいよな？」と保険のように繰り返し、美華の沈黙を肯定と捉《とら》えて、ストーカー被害の顚末《てんまつ》を簡潔に説明してくれた。

　説明してる間にマリさんはどんどん青ざめていき、後ろで莉子はいちいち声を漏らしていた。ふと、肩に手を置かれて振り返ると、冬真がじっと見つめていた。分厚いジャケット越しだけど、微《かす》かに伝わる手の感触はじんと温かい気がした。遅いよ、バカ。心の中で呟く。

「……親御さんには？　相談したの？」

　つむぎと同じことを聞かれ、また首を横に振った。右側のつむぎから責めるような視線を感じる。美華はただでさえ窮屈な椅子の上で小さくなった。皆、何も言わなかった。ブラインドの向こうも物音が消えているから、ダンスレッスンが始まったんだろう。マリさんは小さい子を諭すような笑みを浮かべる。ブラウンのまつ毛とアイラインで縁取られた目が優しい空気を強調させた。

「もし言いにくいならスクールから電話しようか？　接触してきているし、もう自分１人じゃどうにもならないでしょう？」

自分1人じゃどうにもならない。目を背けていたことを改めて突き付けられ、悔しくて、悲しくて、皆が気づいてくれたことが嬉しくて、また声もなく涙が溢れる。でも。

「親に電話は嫌です」

困った顔のマリさんを前に駄々《だだ》っ子のように嫌だと言い続けていたら、右隣から鋭い声が上がった。

「もうそんな段階じゃないんですよ！」

聞いたことのないつむぎの声に全員の目が丸くなる。肩を震わせ絞り出す声は、怒りと緊張を含んでいた。

「昔、私も幼かった時に周りでストーカー被害にあってた子がいたんです」

子役時代の話だろう。換気の音に交じって微かにダンスレッスンの音楽が聞こえてくる。

「まだまだ無名だったし、レッスンの出待ちとかプレゼントとか、ただの熱烈なファンだろうって親も周りもあまり真剣に受け止めませんでした。でもその後すごく怖い思いをしたみたいで、仕事にも学校にも行けなくなって、家に籠《こも》りきりになってしまって」

今はどうしているか分からないけど、と一呼吸おいて、つむぎは真っ直ぐ目を合わせてきた。宝石みたいな黒目がきらきら潤む。

「私はそんな人に人生を壊されるなんて納得いかないです。配信を頑張ってきただけの美華さんがそんな思いをする必要は絶対にない。でも私たちはまだ子供だから、1人で解決することは出来ないんです」

いつも熱を帯びずさらりとしたつむぎの熱い叫びは、心の柔らかいところに突き刺さる。周りの皆は神妙な顔をして頷いていたが、ふいに肩に置かれた手にグッと力が入った。

「ごめん、いや、」

言葉がまとまらないのか、髪をわしゃわしゃと掻く音が背後から聞こえる。

「美華のこと1番見てたはずなのに全然気づかなかった。なんていうか、無理にとは言わないけど頼ってほしいし、俺に出来ることがあるなら助けたい。美華が頑張ってるのは、ほんの一部かもしれないけど知ってるつもりだし応援もしてるし……」

もごもごと煮えきらないまま消えていったけど、置かれた手から流れ込んでくる温かい気持ちに美華の体も温かくなっていく。

ずっと、誰かに気づいてほしかった。いつも泣いてること、頑張ってること、助けてほしいことも。でも、気づいてほしくなかった。自分1人で頑張らなきゃいけないし、すぐに泣いて他人に頼るような弱い人間になりたくなかった。

いつも心の中で、小さな女の子が泣いている光景を思い出す。あれは美華だ。あの時美華は怖い夢を見て目が覚めて、泣きながらママのところに行った。でもママはどこかに出かけようとしていて、泣きじゃくっている美華に「迷惑かけないで」ってすごく怒った。美華は広いお家にひとりぼっち、泣いちゃダメなんだ、泣いたら迷惑かけちゃうんだってずっと思っていた。

泣き腫《は》らした顔も、真っ赤な鼻も、崩れたメイクも、ここ数日で何回見られたんだろう。ずるずると鼻水をすすって、みっともない声で美華は言った。

「自分で、言います」

つむぎの心配そうな視線を隣から感じる。確かに前は言えなかったけど。

「……大丈夫。こんなに皆に恥ずかしいとこ見られたら、なんかもういいや」

そう笑うとまた涙が出た。ママとパパの顔を想像するとまた怖くなるけど、どうせ私はまだ1人じゃ何も出来ないんだ。

「ちゃんと自分で言います」

久保純平

Junpei Kubo

俺はある日すごい人に認められてこう言われる。「君の才能はすごい！　君は特別だ！」

そしたらポン、とハンコを押すみたいに『普通』だった俺は『特別』になり、今まで俺を見下してた奴らも俺を見直すようになるんだ。きっと3月のオーディションで皆が俺に気づく。俺だって、特別になれる。俺は、普通じゃない。

体の芯《しん》から響くビートに揺られる。頭から足先まで包まれる爆音に感覚が鈍り、ただ音に流されるこの感覚が好きだ。

ジンジャーエールを片手にリズムに乗る。音楽を聴くというよりかは音楽に溺《おぼ》れに、俺は時々クラブに行く。基本的に高校生は入れないけど18歳以上なら入れるから、本人確認の時に学生証じゃなく、保険証やマイナンバーカードを出せば通してもらえる。俺が18歳なことには間違いないし、中で酒は買えないから、これは違反じゃなく抜け穴だ。クラブといっても俺が行くのはチャラい奴らが集まる『チャラ箱』ではなく、音楽を楽しむための『音箱』だ。

古着屋が立ち並ぶ一角、控えめな看板の階段を下ると、微《かす》かに染みついた煙草の匂いが出迎えてくれる。老舗《しにせ》のここは比較的大人が多い落ち着いた雰囲気で、所々に傷の入った壁や床が熟成された空気を醸し出す。外よりは少し暖かい程度の弱めな暖房が踊るには丁度いい気温だ。

金曜の夜だけど、22時、オープンしたばかりのこの時間はまだ客も少なく、俺と同じく1人でＤＪの音に揺られている者が多い。ピークは0時を過ぎた頃だから、今はＤＪも無名の若手で、準備運動でもするみたいにヘッドフォンを耳にプレーしている。暗闇を照らす緑や青のライティングが年齢や外での関係性を忘れさせてこの一部に溶け込ませてくれた。海に浮かぶみたいに、流される。

「純平」

聞き慣れた声に顔を向ける。日下部《くさかべ》さんが四つ打ちのビートに乗りながら、爆音の隙間をぬって声を届けていた。こんな騒がしい中でも声が聞きやすい。サーフィンでもするみたいに音に乗って自然と喋《しゃべ》るなぁといつも感心する。

「今日も来てたんだ。もう常連じゃん」

そう笑って日下部さんはセンターに分けた前髪を撫《な》でつけた。闇に馴染《なじ》んだ黒のジャケットが時折紫や青に妖《あや》しく照らされる。172㎝の俺とそう変わらないけど、細身の体でスタイリッシュにセットアップを着こなす姿はかっこいい。顔のパーツが派手《はで》な訳じゃないけど、長い前髪は癖のある雰囲気を醸し出していて、俺は密《ひそ》かに憧《あこが》れていた。

「日下部さんも今日いるってことは明日の仕事ないんですね」

声を張り上げてやっと耳に届かせられる。俺はまだ日下部さんみたいに音を摑《つか》めない。丸テーブルを挟み、友達でも他人でもない距離に並んで光が交錯するステージを眺めた。30歳の日下部さんとは、ここで何度か顔を合わせるようになり声をかけられた。普通に高校生をしてたら出会えない、刺激的で面白い人だ。

「まぁ、明日は遅いから」

今日のＤＪ微妙だわ、とハイボールを流し込んだので、俺も黙ってジンジャーエールに口をつけた。ちびちびと飲むジンジャーエールはいつも最後は溶けた氷で薄まってしまう。

「純平はオーディションどうなの？　もうすぐじゃないっけ」

芸能関係の仕事をしているという日下部さんに、俳優を目指していることをこぼしてしまった。笑うことなく真剣に話を聞いてくれた大人は日下部さんが初めてだ。中学の時、進路の面談で勇気を振り絞って先生に話してみたら「お前が？」と笑われて、親も真剣に取り合ってくれなかった。それからは周りの誰にも話していない。

「来月末です。でもまぁどうなんすかね、審査員がちゃんと演技の深いとこまで見る目があるのか不安です。俺、ぱっと見で判断されがちなんで」

「うーん。まぁ確かに初めて会った時はすんげぇ大人しそうな奴だと思ったな」

散々言われてきた言葉にまたちくりと胸が痛む。『大人しそう』『真面目そう』悪気がないのは分かるけど、何の特徴もなく面白みもない『普通』の人間と暗に言われてるように感じてしまう。

「俺も特徴あるタイプじゃないし普通に見られがちだから分かるよ。純平も俺と同じで、中には変なとこいっぱい秘めてんのにな。高校生でしょっちゅうクラブ来ちゃうとかさ。……純平は俺に似てる」

カラカラと慣れた手つきで使い捨てのプラスチックカップを回した。

日下部さんが「似てる」と言ってくれることが俺はいつも誇らしい。

「でも次を最後のオーディションにしようと思ってるんです。もう高校も卒業するし、いつまでも夢にしがみつくのはダサいじゃないですか。いつか叶《かな》うかもって何年も続けても無駄かもしれないのに」

「何年も続けても無駄、か。そうかもしれないね」

そう言うと日下部さんはカップに半分ほど残っていたハイボールを一気に空にした。

「あー酒無くなっちゃった。ちょっと買ってくる」

「日下部さんお酒好きですね」

「大人になったら飲まなきゃやってられないんだよ。ま、純平も大人になったら分かるさ」

子供に向ける視線を残して2杯目のお酒を取りに消えていった。俺はそんなに子供じゃないのに。早く日下部さんと肩を並べて酒が飲めるようになりたい、と水滴でじっとり濡《ぬ》れた手元のカップに視線を落とす。

気づけば人も増え、会場のボルテージも上がっていた。どんどん焚《た》かれるスモークで白っぽく曇っていくフロアに出る。100人でいっぱいの会場に今は20人くらいだろうか。人の合間で体を揺らしても今日は空気に馴染めなかった。

俺は普通じゃない。何で誰も気づいてくれないんだ？　オーディションできっと皆が俺の実力に気づく。でも、オーディションに合格出来なくて努力が無駄だったと突きつけられたら、その時は？　振り払うように音に合わせて頭を振っても、日に日に濃くなるその不安が薄い膜になって音に溺れられない。どんどんと熱気が上がっていく会場に反して、水っぽくなったジンジャーエールと俺だけが取り残された。


真っ白な長机にずらりと並んだ7人の大人たちが手元の書類に目を落としている。ファイリングされた情報ばかり眺めて、目の前にいる俺たちには目もくれない。俺たちはただ静かにパイプ椅子に並んで品定めされるのを待つだけだ。

広々とした会議室は壁も明かりもやけに白くて居心地が悪かった。静電気を帯びたようなビリビリとした緊張が走っている。この空気に叫び出しそうになる衝動を抑えていると、スーツをきっちり着た司会の男が場を明るくしようと貼り付けたような笑顔で説明を始めた。

「今日は審査会ということで、歌・ダンス・演技・モデルなど、今まで学んできたことを見せてもらいます。来月の最終オーディションに向けてのフィードバックなど有益な時間にしていきたいと思っていますので、硬くならずに、アピールの場として今日は楽しんでくださいい！」

審査会はオーディションに見立てた発表会で、夏にも1度行い今日が2度目だ。1人ずつ各項目を披露する地獄の1日で、皆余裕のない顔できゅっと口を結んでいる。最終オーディションを受けるためには今日の審査会への出席が必須《ひっす》なはずだが、この部屋に藤原の姿はなかった。

昨夜、暖かい毛布にくるまりながら、

『久保純平君、1人だけ表情が違うね。演技にも幅があるしこの中じゃずば抜けている。

君は特別だ』

　なんて言われる妄想をしていたのに、スーツを着て退屈そうに審査する大人たちを前にするとそんな妄想も吹き飛んだ。

　緊張か武者震いか、グレーのニットの下で体がざわつく。今日くらいは明るい色を着ようかと思ったけど、悪目立ちするのが不安でまたグレーを選んでしまった。隣に座る中学生は真っ赤なニットを着ていて、始まる前からやる気がなくなってくる。

　息が浅い。喉《のど》が締まる。カラオケ音源に合わせて歌う声が、体が震える。つまんなそうに見やがって。さっきまで頬杖《ほおづえ》なんかついてなかったくせに。レッスンで飽きるほど歌ったはずなのに、何を意識しないといけなかったのか一つも思い出せない。空気を震わせる歌声がふわふわと所在なげに消えていく。

「はい、久保さんありがとうございました」

　一礼して冷たいパイプ椅子へと戻る。まだ緊張で五感が鈍い。昼飯に家で食ったカツ丼が胃の中でずっしり主張して気分が悪かった。審査員の首を傾げる仕草も、メモを取る手も、一挙手一投足が気になってイライラする。でも大丈夫、今歌ってる奴は俺より下手だ。それに俺は演技志望だから次の演技で見せつければいいんだ。

『久保君は才能がある。君は天才だ』誰かも分からないおじさんにそう言われ、俺は賞賛の拍手に包まれる。この何年間、幾度となく繰り返した妄想が今から起こるかもしれない。そんな淡い期待が胸の中で膨らんで、すぐに弾《はじ》けて消えた。

あいつの演技に、生徒、審査員、スタッフ、この空間の誰もが息も忘れて引き込まれている。

同じ台詞《せりふ》のはずなのに、今は部活の引退試合終わりにグラウンドに立ち尽くす仲間たち、土埃《つちぼこり》、汗臭いにおい、悔しさが手に取るように伝わってくる。審査員に向かっているため俺からはその表情は見えないが、その華奢《きやしゃ》な背中から目を離すことが出来ない。

ぽつり、とつぶやいて演技が終わる。一礼して、まだ演技の抜けきらないぽやんとした瞳《ひとみ》のまま席に戻ってきた。隣に座る岸の目に俺は映っていない。世界がグラウンドから会議室に戻るまで、少し時間がかかった。

司会が我に返ったようにマイクを摑む。

「岸つむぎさん、ありがとうございました。続いて、久保純平さん、お願いします」

同情の視線が一気に俺に集まった。俺だってこいつの次にだけはやりたくなかった。でもこれは、全員が俺のことを見直すチャンスだ。岸は〝元子役〟で演技が上手《うま》いイメージがあるからああなっただけだ。あいつは最初から目を引きやすい、〝持ってる〟奴なんだ。そうじゃない人間にもチャンスをくれ。地味で普通だってレッテルを貼られた俺のことも

『特別』だって認めてくれ。

　審査員たちの前に立つ。さっき岸に向けていた期待を失った、何の興味もない目が俺を見ている。その怒りや悔しさをぶつけるように俺は大きく息を吸って台詞を口にした。

「悔しいよ。今日が最後の試合になったんだ」

　俺は普通じゃない。

「でも皆と一緒にプレー出来たことは一生忘れない。皆と汗をかいて、俺は変わることが出来た」

　変わるために努力だってした。

「努力で人は変われるんだって気づくことが出来た」

　俺を見ろ。俺に気づけ。

　なぁ、俺を見ろよ、頼むから。書類に目を落としてないでさ。どんなに張り上げても俺の声は誰にも届かず消えていく。広がるのはグラウンドでも焼けるような陽射しでもなく、ただ無機質な白い空間だけだった。

「久保純平さん、ありがとうございました。続いて……」

　司会は淡々と進行を続ける。パチパチと段取りでしかない拍手を背に席へと戻る時も、岸はぼんやりとしたまま空を見つめていた。岸みたいな天才は俺なんか眼中にないってことか。

あいつみたいな〝持ってる〟人間に並ぶには努力しかない。努力して、努力して、俺もいつか『特別』になるんだ。中学高校で現実を学んでそう決意したのに、追いかけても追いかけても届かない。

『努力で人は変われる』

いつ？　どれだけ努力したら？　努力しても認めてもらえなかったら？

どうやったら冴えない俺も岸みたいに『特別』と認めてもらえる？

俺はどこまでいっても普通なのか？　嫌だ。普通のままは嫌だ。

変わりたくて、今まで必死に努力してきた。その努力が無駄だったと気づくのが怖い。

来月のオーディション本番までに何か変わるんだろうか。

それとも、あの時演劇に出会ったのが間違いだったんだろうか。


「サッカー部の紹介でした、ありがとうございました。ここからは文化部です。準備がありますので少々お待ちください」

一つの部活が終わるたび、虫の羽音みたいな騒がしさがじわじわと広がった。隣同士のひそひそ話も、数秒経てば耳が痛いくらいの大合唱に変わる。ぶかぶかの制服を着せられてもまだ中身は小学生のままで、冷たい体育館の床で既にお尻《しり》が痛かった。学ランのズボンの裾《すそ》から入る隙間風が寒い。

俺ら文化部とか興味ねーから帰りたくね？　なんて生まれた時からサッカー部入りが決まってるような奴が隣で特に騒がしかった。うるせぇな。でも言う勇気はなくて静かに下を向く。

「お待たせしました。続いては演劇部の登場です」

カーテンが閉め切られ暗くなった体育館で、隣からふざけた叫び声が上がった。ぱちぱちぱち、と子供っぽい音の拍手で幕が開く。セットというのか、小学校の学芸会より凝ったようなパネルが背景に置かれている。大きな船の描かれたパネルで、舞台には海賊っぽい格好をした真面目そうな眼鏡の先輩が1人。異様な光景としばらく経っても喋り出さない先輩に、何事かと羽音がまた広がっていく。

「……仲間が欲しい！」

空気がびりびり震える。衝撃に羽音が一斉に収まった。小さな体から出ているとは思えない声量と、スポットライトで先輩を追いかける照明が完璧《かんぺき》にマッチしてステージに釘付《くぎづ》けになった。くるくると色のフィルターを替えて、赤、青、黄、自在にステージを彩っていく。5分もない短い劇は、海賊が仲間を集めていくというもので、「一緒に航海に出よう!!」、その視線は俺に向いている気がした。

ずっと暗闇だった心の隅、俺の普通じゃない部分がライトで照らし出される。地味だ、普通だと言われてきたけど、俺の中にはそうじゃない部分も沢山あるんだ。演劇を通してなら、そんな上手く出せない本当の自分にもライトを当てられるかもしれない。

すぐに入部届を出して入った演劇部は楽しかった。演技で誰かになるのは自分の皮を少しずつ剝《は》がせるみたいで、3年で部長にもなったし、なんちゃってで演《や》ってるだけだった部も建て直して順風満帆、のはずだった。

「推薦うらやましい〜サイン貰《もら》っとかなきゃ」

でもヒーロー扱いされるのはサッカーやら野球やらの推薦で高校に行く奴らだし、同じ演劇部でさえ、しょうもない人間ばかりだった。

「久保先輩必死すぎるよね。そういうので演劇部入った訳じゃないのに」

「まぁあいつはそういう奴だからしょうがない。気楽にやろうぜ」

2人で演劇部を良くしていこう！　って語った副部長は後輩と一緒に愚痴っていたし、俺が1番演技が上手かったのに、いい役を演じるのはいつも他の奴だった。

『ありがとうございました！　高校行っても頑張ってください！』

『久保先輩の真面目なとこ尊敬してました！　高校でも頑張ってください！』

同じような文言とイラストで余白を埋められていた卒業式の色紙は、バキン、と真っ二つに折って駅のゴミ箱に突っ込んでやった。必死にやっても結局1人だ。演技は1人でやるものなんだと学んだ。

私立ということもあって、高校の演劇部はセットや衣装が中学とは比にならなかった。部員も20人近くいて、大会でも賞を度々獲得している強豪校だ。演技さえ上手ければ勝ち上がれる。高校では生まれ変わろうと決意していた。

「高校デビュー感すごいよね」

「デビュー出来てもなくない？」

役を取るのは容姿や明るさに恵まれ、演技が拙《つたな》くても舞台上で輝くことが出来る〝持ってる〟人間ばかりで、俺みたいな人間はどんなに演技が上手くても中身まで見てもらえなかった。容姿とか能力とか、そんなのを総合してにじみ出たものでカーストは形成される。学校では、いくら努力したところでそれがひっくり返ることはなく、俺が主役でスポットライトを浴びることはなかった。

でも、容姿がそこそこでも何故か輝く奴もいる。変わった才能がある奴や、クラスで目立つタイプでもないのに不思議とカースト上位の人間に好かれたりして人を惹《ひ》きつける魅力を持った奴だ。

俺はそうじゃない。何回も恨んだし、今でも悔しい。何で〝持ってる〟側に生まれなかったんだろう。分かりやすく「何か違う」あいつらは何をやっても人目を引くのに、俺は頑張ってみても誰にも見てもらえない。普通は普通として、大人しく生きていくしかないのか。半ば諦《あきら》めかけていた時、一つのインタビュー記事に出会った。

「僕も学校ではうまくいかなかったんです。だから環境を変えて、演技を磨くために、あえて違うジャンルにも挑戦しました。そうすることで自分自身の幅が広がって、それが演技の幅にも繋《つな》がりました」

実力派で知られる俳優がそう話しているのを見た瞬間、これだと思った。スターターズスクールを見つけてすぐに申し込み合格した時、まだ俺は特別になれるチャンスがあるんだと心の底から安堵《あんど》した。学校ではまだ努力が足りなかっただけだ。

演技が終われば、残りは消化試合のようなものだ。特に最後のモデルウォークの時間は疲れが出始める者も多く、あんなに伸びていた背中も背もたれで丸くなっている。

だからこそ余計に、藤原がいないことはピースの抜け落ちたジグソーパズルのような物足りなさがあった。心の底から楽しそうに、自分だけのランウェイでポーズを決めていた姿が鮮明に蘇《よみがえ》る。背筋をしゃんと伸ばし綱渡りのように一本線の上を美しく歩いていた姿はもう見られないのかと思うと、その夢を奪ったストーカー野郎に勝手に腹が立った。鼻の奥にはまだあのミーティングルームでの甘い香りが残っているような気がする。藤原はもうモデルになることに未練を残していないのだろうか。

だけど、オーディションから一足先に解放された藤原が、少しだけ羨《うらや》ましい。

そんな醜い考えを振り払うように現在に視線を戻すと、丸山莉子が初めてのモデルウォークで照れながらはにかんでいた。こいつだって、普通の人間のはずなのに。

「今日は皆さんお疲れ様でした」

真ん中に座っていた1番偉そうな人がマイクを手に立ち上がり、薄い激励の言葉を述べる。

「以前より格段に成長した皆さんを見ることが出来て感動しました。夢に向かって努力する皆さんのことを私は心から尊敬します。来月のオーディションではもっと沢山の大人が皆さんを見に来ます。なぜなら、期待しているからです。この中から未来のスターが出ることを我々は楽しみにしていて、全員が皆さんの味方です。仮にこの事務所に所属出来なかったとしても、業界関係者も多く来てるので、例年特別に声のかかる子もいます」

見渡しながら言われ、前に座る背中がわずかに伸びた。運良く事務所に所属出来たとしても『未来のスター』になれる人間は一握りで、狭き門をくぐって所属したって大した仕事もないまま辞めていくのが大半だ。

「結局世の中ってのはさ、夢を食い物にすることで成り立ってんの」

日下部さんがぼやいていたことが痛いほど分かる。けど食い物にされて潰《つぶ》されるとしても、俺たちはその罠《わな》に飛び込むしか出来ない。叶えられないと分かっていても、諦めて逃げ出すことも出来ない臆病《おくびよう》者だ。

「さぁ、それでは各々のフィードバックはまた後日メールで送らせていただきます。今日は本当にお疲れ様でした。3月末の本オーディションに向けて、ここから更に磨きをかけていきましょう！」

ありがとうございました！　と挨拶《あいさつ》した途端に緊張の糸が切れたのか、わいわいといつも以上の賑《にぎ》やかさが戻ってきた。俺も途端に疲労感と空腹感に襲われる。軽く食べて帰ろうかとリュックを肩にかけた時、

「純平さん、ちょっといいですか？」

普段スクールで誰とも会話しないため、俺が呼ばれたか確証が持てないまま恐る恐る振り返ると、丸山が岸を後ろに連れて立っていた。遠慮がちに手に持った何かを差し出している。

「これ今月末の舞台なんですけど、このスクール出身の方が出ているらしくて、マリさん

に貰ったんです。つむぎちゃんと冬真さんを誘ったんですがまだ2枚あるので、もしよかったらどうですか？　マリさんから俳優が第一志望と聞いたので……」

あまり知らない会場での舞台。差し出されたままのチケットが不安そうに揺れる。

「もし行けるのなら、美華さんも誘おうかって話してるんです」

なぜ俺に声をかけたのか少しだけ合点がいった。藤原を外に誘うのが目的で、あの日あの部屋にいたメンバーだからなのだろう。

「……それ、タダ？」

「はい、招待で頂いてるので」

受け取った途端にやんわりとした面倒さが込み上げてきたが、どうせバイトもないし演技の勉強にもなるだろう。会話している間も、岸は興味なさそうにどこか遠くを見ていて、やはりその視界に俺が映ることはなかった。


冬の残りを吐き出すような風が吹き荒《すさ》ぶ、自主練開放日の日曜。エレベーターを上がってすぐのところに『最終オーディションまであと30日！』というめくりが立てられていた。いつもは人の少ない朝一番のスタジオに今日は準備運動をする姿がいくつかある。直前になって焦って練習しだす馬鹿な奴らだ。いつも通り練習したが、周りが練習しているとなぜか普段よりやる気が出ず、俺はいつもより早めに練習を切り上げた。

ふと、前に藤原と皆で入ったミーティングルームにブラインドが下ろされていることに気づいた。3人分の脚が座っている。何となく聞き耳を立てながら前を通り過ぎようとした時、突然ガチャリとドアが開き、中から藤原とその母親とおぼしき派手な女性、そして事務のスタッフが出てきた。気の強そうな顔で大ぶりのネックレスを身につけた女性はいわゆる〝ステージママ〟という風貌《ふうぼう》だが、整った目鼻立ちは藤原に面影を残している。

「わー純平！　びっくりした。元気してた？」

変わらない笑顔で手を振られた。横で母親らしき女性がペコリと頭を下げ、俺もつられて会釈を返す。すっぴん？　なのかいつもより柔和で大人しい印象を受けた。4月からこれまでメイクをばっちりしているところしか見たことがなかったから変な感じだ。

「もう来ないかと」

大丈夫？　とかそんなことを一つでも言えたらいいのに、照れ臭くてそんな言葉しか出てこない。藤原は嫌な顔一つせず微笑んだ。

「今日は手続きしに来たんだ。……私オーディション受けないことにしたの」

さわさわと心が撫でられる。ライバルが減って嬉《うれ》しいはずなのになぜか素直に喜べない。

隣で母親は複雑そうな顔をしている一方、藤原は憑《つ》き物が落ちたようなすっきりした顔だった。

「ねーママちょっと待っててもらってもいい？　久しぶりに会ったからちょっと喋りたいの。前に話した、ストーカーから助けてくれた子だよ」

藤原母は、はっとした顔で腰を折る。

「本当にありがとうございました。あの時誰も助けてくれなかったらと考えただけでも胸がはち切れそうで」

憔悴《しょうすい》した雰囲気はあるものの、その気の強そうなつり目は隣の藤原とそっくりで思わず見比べてしまう。

「まだ元の生活に戻ったわけでもないですし、今後戻れるわけでもないですが、今こうして美華が笑っていられるのはあなたのおかげです。本当にありがとうございます」

何度も深々と頭を下げられ、俺も慌てて頭を下げる。強い香水の匂いがツンと鼻をくすぐった。当の藤原はなぜか少しご機嫌そうに微笑んでいる。

「上のカフェエリアにいるからママは近くで買い物とかしてて。すぐ連絡するね」

ずんずんと歩き始める藤原の後を訳も分からないまま追いかけた。俺は初めて知ったけど、ビルの8階は一角にカフェスペースがあり、生徒も利用可能らしい。開放感あるオープンエリアには小さな丸テーブルとハイチェアがいくつか設置されていた。今は数人がパソコンを開いているのみだけど、勝手に仕事場に来てしまったみたいで人目が気になってしまう。

　藤原は気にも留めず既にカウンターで注文していた。「コーヒーでいい？」と聞かれて頷《うなず》いたら、そのまま俺の分も注文してくれたらしい。藤原に手渡されたカップを流れで受け取り、「いくらだった？」とも言い出せないまま近くの席に腰掛けた。何となく罪悪感があって口を付けられないまま、温かいカップを両手でずっと包んでいた。

　薄いオレンジの丸椅子は背もたれもなく、足は地面に少ししか届かないし、お世辞にも座り心地がいいとは言えなかったけど、藤原はガラス張りの窓からの陽射しを受けて雑誌の一ページみたいに決まっていた。カースト上位って感じで、もし同じクラスなら目も合わさず卒業するようなタイプの女子が目の前に座っているのが不思議だ。落ち着かない俺をよそに藤原はすぐに口を開く。

「最近学校終わったらずっと家籠《こも》っててさ、退屈で死にそうだったの！　YouTube見るくらいしかやることないし、もうストレス溜《た》まりまくりで誰かと喋りたくて！」

　未《いま》だに『怖いギャル』という印象が強く内心今の状況に怖気《おじけ》付いている俺は、勢いの良さに気圧《けお》されながら「そうですか」と返すのがやっとだった。その空気を察したのか、藤原はコーヒーを一口飲んで「ごめんね」と恥ずかしそうに笑った。両手でカップを持ってはにかんだ顔がすっぴんなせいかいつもと違って、余計に緊張してしまう。

「久々に出かけたからテンション上がっちゃった。だし、もうあんま会うこともない訳じゃん？　美華はオーディション受けないだけで一応3月までスクールに籍は残るんだけど」

あんま会うこともない。別に藤原と思い出がある訳でもないのに心がざわざわした。

「……オーディション、受けるだけ受けたらいいのに」

ライバルと仲良くするとか馬鹿かよってずっと周りの奴らに思ってたのに、本心からそう思った。ただ可哀想と思っただけだけど。

「美華さぁ、別にモデルになりたかったわけじゃないんだよね」

軽い口調と釣り合わない言葉に困惑する。俺の「なんで」に藤原は三日月のように左右対称な口の端を持ち上げた。

「美華はモデルになるものだと思ってたの。ママは美華を産んだせいでモデルになれなかったから、じゃあ娘のあたしがその夢を叶えるものだって思い込んで疑いもしなかった」

穏やかな表情で語る藤原に、俺は神妙な顔で頷くことしか出来ない。

「でも違った。ママとパパと話したら、ママに、そんなつもり全然なかったって謝られたの。自分のなりたいものになっていいよって言われた時、美華自身がモデルになりたい訳じゃないって気づいたんだよね」

初めて人に話したんだけど、と気恥ずかしそうなのも、その割にすらすらと口から流れ出ていたのも、ずっと誰かに話したかったからだろうか。家で1人、長い間考えていたのかもしれない。それを俺に話してくれた。仲の良い森冬真とかじゃなく。小さな優越感がふつふつと湧いた。

「じゃあこれから先は？」

「まだ考えてないよー」

「他にやりたいこととか夢とかは？　もう高2だし進路とか」

「別にないよー。大学は多分行くんだけど、高校のうちは遊ぼっかなーって。今までスクールであんまJKらしいことも出来なかったし」

あっけらかんと言い放つ藤原に、喉の奥がざらざらした。そんなの、間違ってる。高校生なんてすぐ終わるし、夢がなくなったらまた次の目標がいる。だって、そういうものじゃないのか。夢がないなんてダメじゃないのか。俺の考えを見透かしたように藤原は首を傾げる。

「モデルになりたい訳じゃないって気づいてから思ったんだけどさ、夢って絶対ないとダメなのかな？　学校とか親とかすぐ進路とか将来とか言うけど、今が楽しければよくない？」

髪を巻き付ける指の先で、長い爪がつるりと輝いた。俺だって俳優を目指してるけど今回が最後って決めてるし、内部進学で大学に行く用意も出来てる。叶えられもしない夢を追って、でも現実を手放す勇気も持てなくて不安でいっぱいだ。

なのに藤原は長年目指していたものを軽々と手放して、進路も何もないことも気にしていない。それが無性に俺の心をざわつかせた。

「将来は何か仕事しなくちゃ生きていけないし、その考えは自分が困るだけだと思うけど。それにオーディションを受けるのやめたらこれまでの努力が全部無駄になる訳で」

「んー、でも美華スクールに通うの結構好きだったよ？　配信とかＳＮＳは頑張ってたからやめるか悩んだし、何でこんなことになったんだろうっていっぱい泣いたけど、その時間も楽しかったからまぁいいかなって。オーディション受けないからってこれが全部なくなる訳じゃなくない？」

分からない。俺には、分からない。

「結果が全てだ。受けないのも落ちるのも一緒。なれなかったら全部無駄だ」

そうかなぁ、と首を傾げる藤原を見て思い出した。こいつは〝持ってる〟側で、今まで上手いこと生きてこられた側だ。何かに執着しなくても色んなものが手に入って、こうやって短絡的に生きてても顔の良さと親の金で何とかなっていくんだろう。心情を吐露してくれたことで一瞬でも同じ立場かと勘違いした自分が恥ずかしい。

「いいね、人生生きやすそうで」

カフェに来てからずっとにこにこしていた藤原が薄い眉毛《まゆげ》を寄せ、つり目をさらにきつくした。まずい、と思った瞬間にはもう手遅れだった。

「それはひどくない？　美華、ついこの間までストーカーされてたんだよ？　弁護士頼んで警察がやっと動いてくれて、エフ……ストーカーが素直に謝罪して丸く収まったっぽいけど、今後も襲ってこないっていう保証はどこにもない。今でも外を歩くのは怖いし色んなものを失ったの。適当なこと言わないで」

ごめん、としか言えなくて、ただただうなだれた。頭の中でワーワーと馬鹿な自分を責め立てる。俯《うつむ》いた俺をよそに藤原は黙ってテーブルのゴミをまとめ、そのまま席を立った。慌てて荷物を肩に掛けて後を追うけど藤原は止まらない。そのままエレベーターのボタンを押してしまった。

このままだと、もう一生会えない気がする。

「……あの、ごめん」

長い髪で隠れた背中は黙ったまま振り返らない。

「正直、羨ましくて」

自分でも何を言っているのか分からない。どうせもう会わないのに、何をこんな必死に。

「あんな目にあっても笑ってられるのも、夢がなくなっても俺より楽しそうなのも」

また怒らせてしまうかもしれない。でも上手く取り繕えるほど器用じゃなくて、しどろもどろで続けた。

「オーディション受けなくていいのも羨ましかった。結果を見なければ傷つかずに済むから、その……」

ふわりと長い髪が翻った。藤原は笑ったような困ったような微妙な顔をしていた。

「あんた超めちゃくちゃなこと言ってるの分かってる？」

俺はまたうなだれる。チン、とエレベーターが到着した。藤原が中に入る。

「美華の分までオーディション受けてね。どんな結果でもちゃんと現実見て。必死にやらなきゃ許さないから」

またね、と言葉を残してエレベーターはゆっくり閉まっていき、その姿は完全に見えなくなった。今日、藤原と交わした言葉全てがぐるぐると駆け巡る。自分が信じてきた世界が、なんだかひどく間違っているような気がしていた。

黄昏《たそがれ》、という言葉の語源が『誰《た》そ彼』と知った時から、何となく夕暮れが特別な時間に思えるようになった。薄く星が瞬く空を淡い桃色に染めて消えていく太陽は、今日が最後ではないかと思うほど綺麗《きれい》で、どこかもの悲しい。

「なんかエモいね〜」

カシャリという音と共に聞こえる近くの女子高生の会話に怒りすら覚える。便利な言葉と便利な機械で切り取った途端、感性は少しずつ死んでしまう。シャッター音をきっかけに、空が褪《あ》せてしまうようにどんどん東から夜が広がっていく。日下部さんもこういう時、きっと軽蔑《けいべつ》の眼差《まなざ》しを向けているはずだ。

会場のある中野《なかの》の駅前に15分前に着くと、岸が柱にもたれ、1人でぼんやりと空を見上げていた。膝下《ひざした》まである茶色いコートを着て佇《たたず》む姿はドラマのワンシーンみたいで、やっぱりこいつだけは好きになれないと思った。

お互い視線だけを交わし、少し離れたところで待つ。森冬真、丸山莉子が順番に来て、時間から5分遅れて藤原がぴかぴかの黒い車から降りて駆け寄ってきた。

「ごめん！　渋滞してて遅れちゃった」

顔の前で手を合わせる彼女は、心なしか頰に赤みが差し、前よりも調子が良さそうに見えた。この間のことを思い出して真っ直ぐ顔を見ることが出来ない。

「じゃあ行きましょうか！」

丸山がスマホで地図アプリを見ながら先陣を切る。1番後ろについて歩き出した頃にはもう陽はとっぷりと沈んでいた。丸山はいつも通り岸にべったりだし、藤原も今日は嬉しそうに森に話しかけている。よく考えれば、真っ直ぐ顔が見られなくても元々目を合わせることなんてなかった。

俺は無料で見られるから来ただけでこいつらと関係はない。1人黙って後ろを歩きスマホをポケットから取り出そうとしたら、ふいに藤原が振り返って「楽しみだね」と声をかけてきた。スマホを見るタイミングを逃したまま、4人の後を黙ってついて歩く。

人混みの駅前を離れ、イルミネーションと花に囲まれたレンガ坂を上っていく。一際眩《まぶ》しいその道を抜けると、人気《ひとけ》は急に少なくなり、普通の住宅が立ち並んでいた。帰宅していくサラリーマンの後を追うように進み住宅街の角を曲がると、民家の隣に急に劇場が現れた。寂れた見た目なのにどこか温かみと懐かしさがある。開演20分前、劇場前の路地にも写真を撮ったり物販に並んだりする人でわずかな人だかりが出来ていた。列、といっても数人が並んでいるだけの入場列に並び、先頭の丸山が受付の男性に5人分のチケットを見せた。長机が置かれた簡素な受付でパンフレットを受け取って順番に中へ消えていき、俺も流れで手を出す。

「どうぞ、こちら……」

固まった手からゆっくり視線を上げると、眉毛が濃く目元がくっきりと縁どられたメイクの下、絶望の眼差しで目が開かれていた。

「……日下部さん？」

すっとした瞼《まぶた》に、いつもより固められた髪、雰囲気は違うが間違いない。沢山聞きたいことがあったのに、

「こちらパンフレットになります。ごゆっくりお楽しみください」

追いやるように流され、白い衣装を着た日下部さんは混雑し始めた列に埋もれていった。無理やり手に握らされたパンフレットがくしゃりと皺《しわ》を作る。

狭いロビーのすぐ脇にある階段を上ると2階が客席とステージになっていた。劇場内は真ん中に通路を挟んで5席ずつあり、1番後ろからでもステージが近く感じられる。俺たちは入り口すぐの左後方に、通路側から藤原、森、丸山、俺の順に座り、トイレに行っていた岸が1番端に座った。

「私舞台って初めて観るんで楽しみです。純平さんは観たことありますか？」

「まぁ観たっていうか、中学高校とやってたけど」

「え、すごい！　どんなお芝居してたんですか？」

ひそひそと話しかけてきた丸山の声のボリュームが上がっていく。左手に座る岸に聞かれたくなくて、言葉を濁してパンフレットに目を落とした。主演はよく舞台に出ている男性らしく、表紙にでかでかと写真が載り、ページを開いてすぐに『今注目の若手実力派俳優』と一面にプロフィールが載せられていた。客にもそのグッズを持った女性が多かったが、他の出演者の顔写真と名前は、どれも見たことがない顔ばかりだ。パンフレットの4ページ目の隅に小さく日下部さんの名前を見つけた。顔写真の横に書かれた細かい経歴を読んではいけない気がして、慌ててページをめくる。

次のページにはどこかで見たようなあらすじがびっしり綴《つづ》られていた。真っ白な背景の舞台上には青や緑の照明が当てられ、客入れＢＧＭも電子的な音楽で雰囲気を合わせ、近未来をイメージした世界が広がっているといえば聞こえはいい。が、舞台上には小さな階段のセットしかなく、そのシンプルな作りからやはり安っぽさは否めない。

日下部さんはどうしてここに？　考えがまとまらないまま、さっきまで客席で誘導していた人が前座で注意事項などを話し始める。そのうち近くの扉が閉められ、ふっと会場が真っ暗になった。劇場を満たしていたざわめきが席に吸い込まれていく。じっくりと焦《じ》らしたのち、ぱ、と一筋の光がステージ中央を照らした。

「俺には、何もない」

ワンピースのような丈の長い真っ白な服を着た男性が力なくうなだれ、ぽつぽつと一人語りが始まった。

——いきなり一人語りかよ。

目だけで窺《うかが》うと、右の丸山は子供のように期待した目でステージを見つめていた。左隣で岸は背もたれに深くもたれていて、俺も力を抜き、硬い座席に体を預けた。

——どうせ、こんな舞台。

「夢を持つのってそんなにダメなことなのか？」

「許されないわ。あなた一人がレールを外れれば社会は壊れる。あなたさえ我慢すればそれで済む話じゃない」

真っ赤な髪の派手なヒロインも現れたが、特筆すべき演出もないまま会話劇を中心に展開されていく。全ての人生がＡＩに決められる未来で、自分の運命に抗《あらが》おうとする主人公。予想のつくような展開が続き、どこか集中しきれない。空調が少し弱いのかちょっと寒い。舞台の遠い照明で中指のささくれを見ていた時、耳慣れた声が飛び込んできた。

「俺たちの世界を壊さないでくれ。俺は普通がいいんだ！」

初めて静かな場所で聞いたけど、粒立った声はしっかりと耳の奥まで届く。クラブ慣れで聞きやすかったんじゃなく、この声は積み重ねた努力の賜物《たまもの》だったんだ。明るい場所で見るのも初めてで、目を凝らして姿を焼き付けた。最後列でもステージまでは10列くらいしかなく、細かいところまでよく見える。長めの前髪の陰に隠れた目は意外と小さいし、描かれた眉毛は濃すぎて浮いている。白い衣装ではいつもの妖しい雰囲気も消し飛んで、クラブで会った時の方がかっこよく見えた。

「今の世界は俺たちの少しずつの諦めで成り立っている」

日下部さんは派手ではない。うるさくもなく、静かでもない。空気に溶け込んで、意識しなければ存在にも気づかないかもしれない。

「お前が夢を選ぶことは、俺たちの人生を全て否定することになる」

なのに日下部さんが話すと空気が締まった。バラバラになりそうな舞台を繋ぎ合わせ、物語を形にしている。決して目立つことはないけど、でも。

「それでも俺は諦めたくない！」

主人公が分かりやすく張り上げた声に空気が震える。大して演技も上手くないはずなのに、心のままに叫び続ける主人公に胸がザワザワと掻《か》き乱される。だけど、ヒロインの赤毛だって役に全然入りきれてないし、設備だって良いとは言えない環境なんだ。

——どうせ、こんな舞台。

白けた気持ちで芝居を観ていたが、周りからは鼻水をすする音が聞こえてきた。右隣の影が動いたので視線をやると、丸山が袖《そで》で涙を拭《ぬぐ》っている。反対の左を見ると、岸が背中を丸めて耳を押さえていた。ぎょっとして思わず小声で「大丈夫？」と訊《たず》ねる。

弱々しく首を振る岸に顎《あご》で出口を示すと、よほど限界だったのか岸はすぐに席を立った。丸山は舞台に夢中で気づきそうになく、一応俺も付き添うことにした。白熱していく物語を横目に扉をそっと開け、隙間に体を滑り込ませるように外に出る。

途端に包まれた眩しい明かりと新鮮な空気に、2人で大きく深呼吸した。階段を下りると閑散とした狭いロビーにはスタッフ1人しかいない。扉が閉まると共に魂の叫びも小さくなっていき、やがて何も聞こえない現実世界に戻ってきた。あの熱量が嘘みたいに寒々と寂れた空間だ。

「付き添ってもらってすみません。私は休憩していくので戻って頂いて大丈夫です」

「いや、俺もちょうど出たかっただけだし」

劇場を一歩出ると住宅街が広がっていて、日下部さんがあそこにいたことも夢だったんじゃないかと思えてきた。着たままだったコートのポケットから財布を取り出し、街灯と競うように明るさを放つ自販機の前に立つ。

「俺おしるこにするけど、何かいるの」

「いえ、私は……」

一際強い風が吹いた。冬を出し切ろうとやけくそになったみたいな冷たさだ。身震いをして「私も同じので｜」と申し訳なさそうに呟《つぶや》く。

ピ、がこんと勢いよく缶が落ちてくる。おしるこの缶は火傷《やけど》しそうなほど熱いけど、その温度が今は心地いい。そういえば岸と2人で会話するのは初めてで、俺は何しに付いてきたのかと今更気まずくなる。黙って自販機の脇に並び、ごくごくと体に溶け込む甘さと温かさを味わっていたら、缶のタブも開けないまま、岸が珍しく自分から口を開いた。

「昔の、子役時代の知り合いがいたんです。赤毛のウィッグを被《かぶ》ったヒロイン役の女性、分かりますか？」

「あー、1番演技があんまりだった人？」

日下部さんのことでいっぱいで印象は薄いけど、彼女は唯一俺よりも下手だと思った。

「そうなんです。舞台の設定を形作る大事な役なのにもったいなかったです」

分かりやすく眉を寄せ、岸が感情を露《あら》わにしている。天才で他人になんか興味がないんだと思っていたから、初めて見る表情に少し面食らうが、彼女を貶《けな》したい岸と、この舞台を認めたくない俺の心が完全に一つになっていた。

「確かに、ヒロインで重要な役どころなのに棒読み感あったからいまいち世界に入り込めなかったな」

「はい。他の人の熱量が高い分、余計に浮いた印象が否めませんでした」

「そもそも舞台のあらすじ自体もありきたりだよな。セットも安っぽいし」

気づけば岸との気まずさも忘れて会話が弾んでいた。悪口を言って盛り上がる女子の気持ちが今は分かる気がする。寒さも気にならないほど夢中で話し、缶の中にはもう少しの小豆の粒しか残っていない。見つけた粗を共有して気持ち良くなって、でも一段落するとその後はおしるこの甘ったるさみたいによりしんどくなる。

「彼女が出ると知っていたら絶対観に来ませんでした」

誰に伝えるでもなく呟いた岸の言葉につられ、俺も話すつもりのなかったことを漏らしてしまう。

「実は、俺も知り合いがいたんだ。普通がいいんだ！　って叫んでた人」

「上手な方でしたね」

「うん、上手かった。上手かったんだけど」

独り言みたいに缶の中に言葉を落とす。

「でも普通だった」

雲が月を覆い隠して、空には何も見えなくなった。不自然なまでに自販機の明かりが夜道を照らしている。

「その人……日下部さんは確かに良い演技だったけど、主役の男のグッズを持ってたような観客は、多分日下部さんの顔も覚えずに帰ってしまう。地味なんだ、どうしたって。逆に主人公や岸の知り合いでヒロインだった奴は大して上手くはないけど、華があって目を引いた。客を連れてくるのも評価されるのもそういう奴らなんだろう」

「でも実力があればいずれ評価されるんじゃないですか？」

「岸は持ってる人間だからそうやって言えるんだよ。この世界は、実力があれば評価される訳じゃない」

元天才子役はいいよな、と俺は空き缶をゴミ箱に投げたけど、狙いは外れて缶はコロコロと岸の足元に転がった。岸は表情を変えず、缶に視線を落として聞いた。

「持ってる人間、って何ですか？」

「……舞台上で自然と輝ける奴っているんだよ。演技力に拘《かか》わらず目を引いたり存在感があったりさ。でも別に芸能に限った話じゃない。優れた容姿とか家柄とかさ、生まれた時から恵まれた人間とそうじゃない人間がいる。日下部さんや俺は、そうじゃない」

岸も、藤原も、森冬真も〝持ってる〟人間だ。丸山莉子は、容姿もスキルも普通のくせに何故か特別待遇で途中参加して、テトラのあかりとも話して、運の良さだけは恵まれていた。それだけじゃなく腹立たしいほどの無邪気さでどんどん周りを惹きつけ、普通に見えるのに不思議な魅力を秘めている。普通に見えて実は特別な存在。それは俺がなりたくて目指していたポジションだったのに。俺は、そんな丸山莉子が嫌いだ。

「そうじゃないなら、努力で追いつくしかない。努力して、認められたら俺らみたいなのもいつか特別になれるはずなんだ。まぁ現実はそう簡単じゃないけど。日下部さんみたいに実力があっても、パッとしない人間は結局誰にも知られないまま消えていくのが現実だ。どれだけ顔が良くても実力があってもテレビに出られず消えていく人もごまんといるんだから当然だよな」

パンフレットの隅にいた日下部さんが頭に浮かぶ。岸は黙って俺の投げた空き缶を拾い上げた。

「なのに30歳になってもまだ夢にしがみついてさ。それだけずっと認められないんなら、普通な自分を受け入れてすっぱり諦めたらいいのに」

「純平さんの言う認められるって、誰からですか」

「そりゃ……事務所の偉い人とか、世間とか」

「世間って誰ですか。どうやったら世間に認められるんですか」

「……っ、一般の人たちだろ。だからテレビに出るとかさ」

「テレビに出れば、特別になるんですか？　舞台で観客を熱狂させ続けている人は、特別ではないんですか？　純平さんは、誰かに特別だと言われたらそれで満足なんですか？」

揚げ足を取るみたいな質問がウザくなり軽く舌打ちをした。岸は気にせず淡々と続ける。

「私は今日の舞台に出ていた人たちを普通だとは思いませんでした。この舞台を素晴らしいと思いましたし、劇団に所属して、ずっと公演を続けるというのは並大抵のことではありません。客席を満席にして、十分世間に認められているんではないでしょうか。……誰よりも日下部さんを認めていないのは純平さんなんじゃないですか」

カァッと顔が熱くなる。言い返そうとしたのに、喉につっかえて何も出てこなかった。ゆっくりと前を通り過ぎた車に照らされて岸がぼんやりと白く光って、またすぐにこっくりとした黒髪が夜に溶け込む。

「純平さんはこの舞台を見てどう思ったんですか」

――どうせ、こんな舞台。

見る前からどうせつまらないと思った。ありきたりな設定にチープな舞台、広くはない会場。面白いはずがなかった。なのに。

「……良い舞台だった」

誰よりも日下部さんを認めてないのは、俺。

その通りだ。認めたくなかった。広い舞台で、テレビで、映画で演じてこそ『特別』で、そうなれないなら早く諦めた方がいいと思っていたのに。

「役者の熱量もすごくてさ、全力で芝居して、今を楽しんでて、自分たちの演じたいことを形にしてた」

冷めた心でいないと、舞台から距離を置かないと、あれ以上見ていたら感動してしまいそうで怖かった。知らない役者たちの舞台で、世間から認められなかった人たちだと内心見下していた舞台に心を動かされたら、俺の信じてきたものは。

「普通とか特別とか、私にはよく分かりません。言葉を選ぶのが下手なので、失礼でしたらすみませんが、私にはそれが純平さんの言い訳に聞こえます。私は自分のことを持ってるとか特別だと感じたことはありませんし、純平さんの思う恵まれた人たちにも、きっとその人なりの普通の人生があります」

空を覆っていた厚い雲が晴れて、合間から月明かりが顔を出した。満月に近い、でもまだ満ちていない未完成の月だ。

俺みたいな普通の人間も、努力し続けたらいつか誰かに特別だと認めてもらえる。〝持ってる〟人間に並ぶことが出来る。じゃあそれはいつ？　どれだけ努力したら？

先の見えない努力をいつまでも続けなきゃいけないことが怖くて、夢にしがみつくのはみっともないと馬鹿にした。普通な自分が何よりも嫌だったのに、心のどこかで〝持ってる〟人間には敵《かな》わないんだと、普通であることを逃げる理由にしていた。

「もし俺がオーディションに落ちたとして、その後も挑戦を続けたら、いつか結果を残せるんだろうか」

「それは誰にも分かりません。すぐなのか、何年後か、何十年後か、もしかしたら何にもなれないかもしれません。それは私も同じです。でも、結果が出ると分かっているならだれだって努力します。分からないのに努力し続ける人にこそ価値があって、そういう人がいつか純平さんの言う『特別』になれるんじゃないですか」

「地獄かよ」

「地獄ですよ。お互いこんな夢を持って大変ですね」

そう言って岸は今日初めて笑った。岸の笑顔を見るのは初めてかもしれない。いつの間にか岸にこんな話をしているのがおかしくて、俺も口の端を上げた。腹に溜まったおしるこのせいか、体がぽかぽかする。天才でロボットみたいで、普通の俺とは違うんだと思っていた岸も頬に赤みが差していて、残ったあんこを食べようと缶を傾けている。悔しいけど、天才的に演技の上手いこいつも俺と同じなんだ。結局先の見えない努力でしかこいつに追いつけない。地獄だ。

雲がまた月を覆って、幕を閉じたように真っ黒な空が広がっている。照明の消えた空は終わりではなく、次に幕が開くのを待っているのだと今は素直に思えた。

「そういえばさ」

さっきまでの気まずさや緊張はすっかり消え、俺はずっと前から気になっていた疑問を勢いのままぶつけることにした。

「岸は何で子役やめたの？」

「……私、いじめられてたんです」

岸つむぎ

Tsumugi Kishi

綺麗《きれい》な言葉を紡ぐ人になってほしい。人の想いを紡ぐ存在になりますように。そんな両親の願いを込められて私は生まれた。病室の窓の外に見える紅葉が真っ赤に染まる時期だったから、もみじって名前とも迷ったんだぞ、とお父さんから何度も聞かされたから、紅葉は昔から私にとって特別な存在だった。

お父さんはいわゆる親バカで「こんなに可愛い子は見たことない！」と3歳の時に子役事務所に登録された。子役の時の名前は『岸もみじ』。

5歳の頃、幼稚園が舞台のドラマに〝虐待されている子〟の役で出演すると、『わたし、可哀想な子なの』という台詞《せりふ》がヒットして、私は一躍時の子となったらしい。大きくなった私を見て気づく人はいないけど、世間にとっては『可哀想なもみじちゃん』って昔いたね、くらいの存在だ。

子役は最初から役をもらえることは滅多《めった》になく、オーディションを何回も受けた。小さい子ばかりだからいつもどこかから泣き声が聞こえていて、大人たちがジロジロと見てくるあの空間が子供ながらに嫌いだった。でも演技は楽しくて、『もみじちゃん』でいられることが嬉《うれ》しかったけど。

「なんかきらーい」

その一言で全部が壊れた。もう記憶も曖昧《あいまい》だけど、子役のボスみたいな女の子がそう言い出して、「もみじちゃん追い出そ」って色んな現場で私は皆に無視されるようになった。ドラマがヒットした後で仕事も増えていた頃、他の子役に台本を隠されたり、目の前で皆に悪口を言われたり執拗《しつよう》に嫌がらせを受けた。

気が弱かった私は何も言い返せず、毎日「行きたくない」と泣きじゃくる私を見かねた両親が事務所を辞めさせてくれた。代わりは沢山いたから『可哀想なもみじちゃん』は、本当に可哀想なままひっそりと姿を消した。泣いていた自分の部屋から真っ赤な木が見えていたことだけは鮮明に覚えている。

小、中と嫌われないように静かに過ごしていたのに、中学で『なんかウザイ』と派手《はで》なグループに目をつけられてしまった。どこに行ってもドラマを見てもいない人たちが噂を広めていて、いつも気づいたら自分以外でグループが出来上がっている。引っ込み思案な私は自分から話しかけることも出来ず、色づいた葉が散っていくのを毎年1人で見るうちに、私は紅葉が大嫌いになった。

「私の居場所はここじゃない」

合わない人たちを思って悩む必要なんてない。ただ、私に合う場所が見つかっていないだけだといつしか考えるようになった。段々と中学にも行けなくなり、また部屋から赤く染まる世界を1人遠く眺めていた。


通信制の高校に通うことを決めた中3の終わりに、お父さんが差し出してきたのはカラフルなパンフレットだった。

「嫌になったら辞めればいいけど、どう？　週3回あるけど、たまに家から出るくらいがいいんじゃないかってお母さんと話したんだ。本気で夢を目指す子の中なら、つむぎの居場所になるかもしれない」

再び降ってきた演技のチャンスに、真っ先に「やりたい」と思った。こびりつく「なんかきらーい」に何度も体がすくんだけど、どうしてもまた演技がしたい。変わらない部屋から変わっていく世界を見続ける自分はもう嫌だった。


春の陽気に包まれながら、新しく買った大きな鏡の前で慣れないダンスを練習するのも、歌の練習をするのも、演技が出来るのも幸せで充実した日々だった。

今回こそは馴染《なじ》めると思ったのに。

「昔子役やってたんでしょ？　可哀想なもみじちゃんだってママが言ってたの」

中学生の澄んだ瞳《ひとみ》に子役時代を思い出し、咄嗟《とっさ》に視線を逸《そ》らしてしまった。すぐにその子たちのグループに「調子乗ってる」と陰口を叩《たた》かれ、結局ここでも私は『可哀想なもみじちゃん』として浮いた存在になった。

私の居場所はここじゃない。合格して、大人のプロの中に交ざれば、今度こそ。

だけど、日に日に考えたくもない現実が剝《む》き出しになっていく。本当は、どこに行ったって、私の居場所なんてないのかもしれない。


時折吹く風がどんどん体温を奪っていった。缶で温まったはずの指先も既にかじかむ冷たさで、指先の感覚を確かめるように空き缶を握りしめる。

「……私、いじめられてたんです」

目の前で純平さんが啞然《あぜん》とした顔をしている。

「あのヒロインの方です。あの人のせいで私は子役をやめることになりました」

言葉が見つからないのか、純平さんは小さく口を動かした。また『可哀想な子』扱いされると思って誰にも言ったことがなかったけど、のうのうと舞台に立つ彼女を目の前にして、感じたことのない大きな怒りが渦巻いていた。

「大丈夫？　いや、大丈夫な訳ないか、ごめん……」

何か言いたそうに、でも俯《うつむ》いてしまった彼は私と似ている気がする。考えすぎて、想うあまりに人との関わりを避けてしまう。莉子は彼のことを怖いと言っていたけど、こうして付き添ってくれたり、頭をかきむしったりする彼は、きっと不器用ですごく優しいんじゃないかと思う。

張り詰めた寒さが、興奮と共に外に出てきた人たちにかき消された。舞台は前半が終わり休憩に入ったのだろう。観客の纏《まと》う空気であの後舞台が更に盛り上がったことが容易に伝わった。

「そろそろ戻りましょう」

空き缶をゴミ箱に入れ、人の流れに向かっていく。人混みの中、熱気にそぐわない不安そうな顔が3つ、こちらに気づいて駆け寄ってきた。その気持ちだけでも、私は救われた気分になる。

「つむぎちゃん！　急に2人がいなくなったから心配してたの。どうしたの？　大丈夫？」

「ちょっと体調悪くなって付き添ってもらってました。でももう大丈夫です」

「そっか、よかった〜。あの後の展開すごく面白くてね、ヒロインの女の子がかっこよくて……」

「あ、それより丸山さ、途中泣いてなかった？　初めての舞台はどうなの」

純平さんは莉子の話を強引に切って、ヒロインの話題を避けようとしてくれたのだろうか。彼は伸びっぱなしの髪をいじりながら莉子の話を聞いている。

「休憩になったらいないから、2人が駆け落ちしたのかと思ったー」

「美華がこればっかり言うんだよ。恋愛ドラマの見すぎじゃね？　早く彼氏作れば？」

バカ、と強めに小突かれて冬真さんは本気で痛がっている。顔をしかめる美華さんは、今日は珍しく露出がなくスキニーパンツを穿《は》いていた。髪もばっさりと鎖骨のあたりまで切って暗く染めているし、平気そうにしていても傷跡は深いのだろう。彼女とは比べ物にならないけれど、思わず過去の自分を重ねてしまう。

「で、なんだったの？」

体調不良で、と返したそばから、美華さんは自販機にお金を吸い込ませている。

「はいこれ。お腹あったためときゃ大体治るよ。寒いからそろそろ中戻ろー、もうすぐ始まるだろうし」

手渡されたお茶は夜の中でやさしい色を放っている。缶のおしることはまた違う、ペットボトルのじんわりとした温かさがゆっくり沁《し》みた。鼻水をすすって美華さんの背中を追いかける。

再び幕の開いた舞台は終盤に向けてさらにヒートアップしていき、あの女もヒロインとして何度も登場した。

「これからも俺は諦《あきら》めない。夢は……叶《かな》う！」

主人公が拳《こぶし》を突き上げたまま、ゆっくりと幕が閉じた。しん、と静寂の後、割れんばかりの拍手が会場を包み込む。数人は立ち上がって手に全てを込めている。胸焼けしそうなラストだったけど、演者の魂がこもった素敵な舞台だった。他の演者に罪はない。込み上げてくる苦々しさを打ち消すように手を叩く。カーテンコールで演者が順々に出てくる中で、純平さんが一際大きな拍手を贈っていたのがさっき話していた人なんだろう。

鳴り止まない拍手に包まれていると「もみじちゃんクランクアップです！　お疲れ様でしたー！」とずっと昔にドラマの撮影現場で自分に向けられた拍手がフラッシュバックした。あのまま続けていたら、あそこで拍手を受けていたのは私だったかもしれない。眩《まぶ》しいステージが遠く感じる。

そこに、スカートをひらひらさせて彼女もステージに歩いてきた。客席中に手を振りながら笑顔を振り撒《ま》いている。拍手をやめた手のひらがじんと痛い。最近は思い出さない日も多かったのに、「なんかきらーい」と何度も私を苦しめた言葉が耳の奥でガンガンと鳴った。

「ありがとうございましたー！」出演者の十数人全員が晴々とした顔で叫ぶ。一層の拍手が贈られ、一体となった会場で私だけがぽつんと取り残される。やがて潮が引くように何も聞こえなくなった。

皆が余韻に浸っていたが、「後ろの方から退場をお願いします」の誘導を合図に魔法が解け、客席中で帰り支度が始まった。出口に1番近い私は案内されるまま外に出る。入り混じる冷たい外の空気と眩しい蛍光灯、そして最低限の広さしかないロビーにはキャスト数人がずらりと並んでいた。奥にはちらりと赤毛が見え、私は愕然《がくぜん》と立ち尽くす。

「わぁ、お見送り？　こんな感じなんだ〜」

すぐ後ろで莉子の声が聞こえる。外への出口までは短い一本道で、これより他に出口はない。

観客の流れに押され、ゆるゆると足を進める。手のひらがじっとりと気持ち悪い。10年も前のこと、きっと向こうは覚えてない。触れられそうな距離から飛んでくる、舞台終わりたての声量に圧倒されるけど、この流れじゃ向こうからは分からない。次は彼女だ。赤

髪の前を出来るだけ顔を伏せて通りすぎる時、

「ありがとうございましたー！」

明るい声と笑顔で、1人の観客として見送られた。気づかれず安心、なはずなのに、視界の端に映る赤毛のウィッグと紅葉が重なって真っ黒に膨れ上がっていく。私の中にはずっと火が燻《くすぶ》っているのに、彼女は気づかない。覚えてすらいないかもしれない。下を向いたまま足が止まる。

ずっとずっと、悔しかった。悲しかった。どうしてって何度も泣いた。同じ目に遭わせてやることを何度も想像した。私はまだ子役の頃に囚《とら》われたまま前に進めないのに、目の前の彼女は舞台で輝く照明を浴び、私のことを覚えてもいない。どうして私だけ。

「あの、ヒロイン役目立ってました。周りに上手《うま》い人が多かったので余計に」

私の後ろにいた純平さんが彼女に笑顔で声をかけた。反射的に「ありがとう！」と微笑んだ彼女の顔が、意味を理解した途端にその髪の色くらいカァッと赤く染まる。私の中でトラウマで大きな敵だった彼女が、何も言えず顔を引き攣《つ》らせるだけなのを見て、胸の中でざわりと何かが動くのを感じた。

背後で「止まらずお進みください」と係員が声を張るのが遠く聞こえる。

私が部屋でうずくまっている間も、彼女は笑顔で芝居をして拍手を浴びていた。私が他人が怖くて1人ぼっちだった間も、彼女は笑顔で周りに囲まれていた。

だけど、私だってあの頃のままじゃない。嫌味を言って逃げるように列を流れていった純平さん、後ろには莉子や皆もいる。怒りで唖然とする彼女の目を、真っ直ぐに見る。怖くて心の中で膨れ上がっていた彼女が、思っていたよりも小さく思える。

「岸もみじです。覚えていますか?」

今度はその顔がみるみる青ざめていき、彼女はコクコクと細かく頷《うなず》いた。

「あなたにいじめられたことは一生忘れません。でももう可哀想なのは終わりです。絶対にあなたより上手くなって、大女優になってみせるので、いつか共演できたらいいですね」

彼女は金魚のように口を動かすだけで何も言えないようだった。舞台終わりでホクホクだった空気はこの周囲だけ凍りつき、「いじめ……?」と隣の共演者が唖然とした顔で私たちを見つめる。異常な空気を察して係員が動きかけた時、

「走れ!」

誰が言ったのかも分からないけど、私たちは逃げるように夢中で外に飛び出して、後ろも振り返らずにずっと走った。息が切れるのも構わず走って、走って、走り続ける。顔を撫《な》でる冷たい夜風は空気を全部取り替えたみたいに清々《すがすが》しくて、気づいたら劇場なんてす

っかり見えないくらい遠くに来ていた。体中で息をしながらゆっくりと歩みを止める。全身の血がすごい勢いで流れている。

　暗い路地で立ち止まって、今度は誰からともなく笑い出した。何がおかしいかも分からないけど、とにかく笑った。笑ってるうちに本当に楽しくなってきて、体中のエネルギーを口から吐き出すみたいに声をあげ続けた。

「なになに、どういうこと？　美華久々に走ったんだけど」

「俺毎日走ってるからまだまだ走れる」

「冬真さん、多分そういうことじゃないと思います」

　肩で息をしながら、体いっぱいで笑う。学校では皆が楽しそうに笑う輪にいつも入れなくて冷たい視線を送っていたけど、今は皆があんなに笑ってた理由も少し分かる気がした。

　ここどこ？　駅戻ろうよ、なんて言いながら適当に歩き出す。スマホで地図を見れば済む話なのに、誰もそうしようとはしなかった。さむさむ、と体を抱えてきょろきょろする美華さんを自然に取り囲んでかたまりになる。立ち並ぶ街灯も、定規で揃えられたような家も、帰宅途中のサラリーマンも、私たちの街と何も変わらないありふれた住宅街なのに、冒険気分であちこちと指差した。

　雪みたいにふわふわのマフラーに顔を埋《うず》め、水色のコートでくるくると歩く莉子がこっそりと耳打ちしてくる。

「つむぎちゃんと仲良くなれてよかった」

くすぐったくてすぐに顔を離してしまったけど、私は出来るだけ気持ちを込めて頷いた。

「つむぎちゃんがあの時声を掛けてくれたお陰だよ。じゃなかったら私ここで1人のままだった」

「私こそ、ありがとう」

他にも伝えたいことは沢山あるのに、素直な気持ちは照れてこれしか出てこない。顔をくしゃくしゃにする莉子をただじっと見つめた。夜の僅《わず》かな光を集めてきらめく瞳をずっと見ていたいと思った。

あの日、莉子がスクールに入ってすぐ、美華さんに詰められていた時だ。私は他人に興味を持たず、関わらないことで自分を守っていたから、莉子に話しかけられても距離を取っていたのだけど。

「なんか可哀想」

その美華さんの鋭い声が自分に向けられたものかと思わず反応してしまった。俯いて帰ろうとする莉子が子役時代の『可哀想』な自分と重なって、勇気を振り絞って声をかけたのだ。それから、莉子はいつだって『岸つむぎ』として接してくれて、いつの間にか2人でいる時間が増えたけど、まさかこんなに皆に囲まれるなんて夢にも思わなかった。

ふわふわとした心地のまま、人の少ない通りを横に広がって歩いた。今日の舞台の話も、1ヶ月を切ったオーディションのことも、誰も言わなかった。

「ねぇなんかいい匂いしない？」

そう言って美華さんは民家の敷地内に一本だけ生えた木を指差した。

「時季的に梅？　じゃない？　あんまり詳しくないけど」

細い枝の先いっぱいに小さな花と蕾《つぼみ》をつけた木はほのかに甘い香りがして、私たちはその前で立ち止まった。冷たい風に吹かれながらも、折れそうなその枝はこれから来る春に向かっていっぱいに腕を広げていた。鼻の奥に残る爽《さわ》やかな香りを私はずっと忘れないと思う。


レッスンも残り少なくなってきた。美華さんはオーディションは受けずともレッスンにはまた参加するようになっていた。今はまだ不安や緊張よりも寂しさが勝っていて、今日のレッスンが終わったら5人でファミレスに行こうと約束している。まだ誰かと親しくする関係に慣れなくて、そんな予定があることも何だかくすぐったい。全員が全員と仲が良いわけじゃないけど、お隣さんを誘うみたいに輪が繋《つな》がっていた。

「最近空気が弛《たる》んでいる気がして心配しています。ここは遊びに来る場ではなく、競い合って蹴《け》落《お》とし合う場です」

白髪頭をいつもよりきつく縛って普段よりつり目になった視線は、私を見ている気がした。有名なボイトレ講師で名物講師の1人だけど、厳しくて決めつけが強いところが苦手だった。

普段はモノトーンばかりだったのに、今日は白いブラウスに赤チェックで膝丈《ひざたけ》のスカートを穿いてきた。その浮かれた自分を指さされているようで恥ずかしくて、ぎゅっとスカートの裾《すそ》を握る。しんと黙ったまま誰も視線を動かさない。先生はわざとらしくため息をつくと、立っていたピアノの側を離れて教室内を、私たちの間を歩き回った。先生が動く度に静かな緊張が走る。

「今日はランク分けテストをしようと思います。オーディションまで残り日数も少ないですが、最終的にこの18人の中から何人が選ばれるか知っていますか？」

質問された小さな女の子は「分かりません」と声を震わせた。先生は眉《まゆ》を片方だけ持ち上げる。

「声が小さい！　腹式呼吸を散々教えてきましたよね？　18人の中から受かるのは例年5、6人。つまり、3人に1人。周りを2人蹴落とせば勝てます」

目だけで周りを確認する面々は、誰なら落とせそうか計算しているのだろうか。受かるのは5、6人と言われ私の頭に浮かんだのは、莉子、美華さん、純平さん、冬真さんの4人だった。空気の変わった教室を見回して先生は満足そうに微笑む。

「合格基準のA、及第ラインのB、最低レベルのCに分けていきます。志望が何でも、全てに通じるのは声です。芸能人でもそうでなくても、最初の挨拶《あいさつ》で印象の大部分が決まります。声以外で魅力を出す人も沢山いますが、まだ何がしたいか、何が出来るかも曖昧なあなたたちは声が醸し出すオーラが重要な要素になることは間違いありません」

少しの隙間もなく空間中を満たすような伸びやかさで妥協を許さない声は、いつも先生を正しい存在にする。

「じゃああなた。この音を出してみて。あー、の発声でいいです」

ピアノのすぐ側にいた男の子がびくりと肩を震わせる。鳴らされたピアノの音を「あー」と素直に発声した。

「はい、C。じゃあ次、あなた」

口を開いたまま目を潤ませる少年を見て、全員がピアノから1歩後退《あとずさ》りする。ぴちりと閉められた防音の分厚い扉は息苦しいほど張り詰めた空気を逃がしてくれない。どんどんとランクが決められていき、私の番も近づいてきた。

どくどくと波打つ体に、底から湧き上がる高揚感に目が回りそうだ。この間の審査会の前もこの昂《たかぶ》りを感じた。ふと周りを見回すと皆不安そうに俯いて息を整えている。そして初めて気づいた。私、今、笑ってる。この感覚、緊張が好きだ。すっと息を吸い、体のままに吐き出す。

「はい、B」

あっけなかった。私は自分を俯瞰《ふかん》で見られている、と思う。周りからの評価とか、自分の実力とかちゃんと分かってるつもりだ。きっとBだろうと頭では分かっていたはずなのに、いざ突きつけられると悔しくてお腹の中がぐるぐるした。

全員の評価が終わり、A、B、Cに分けて立たされる。私と同じBには美華さん。Cには莉子と冬真さん。そしてAには純平さんの姿があった。

「当日はこれ以上の緊張、不安、そして悔しさや理不尽さが待っています。気を抜かず、いつ何があってもいいように気を引き締めておいてください。芸能界は全てが競争です。全員を蹴落とすつもりでないとやっていけないと考えてください。それではレッスンを始めていきます」

冷たい。氷の上に立っているような敵意すら感じる冷たさが満ちていた。子役だった頃、オーディション会場はいつだってこんな空気で、それが苦手だったことを思い出す。学校でも、値踏みされる視線や、お互いに内心でランクを付けあう空気に馴染めなかった。

演技で他の誰かになるのは好きだ。演じている間は現実の関係はなくなり平等になれる。でも芸能界に入ったらこんな競争が続くのならば、私はやっていけるんだろうか。そこは私の居場所になり得るんだろうか。


レッスン終わりも教室は重い空気に包まれていたが、今日はやめようと誰も言い出せないまま、仕方なくファミレスに集まった。ボックス席で夜ごはんを食べて、ドリンクバーで無意味に喋《しゃべ》って、そんなドラマで見るような青春の一ページに憧《あこが》れて今日をずっと楽しみにしていたけど、先生の言う通りここは芸能スクールで皆はライバルだ。浮かれていた自分が浅ましい気がして、今は静かに席に座っている。

「美華はチキングリルにしよっかな。こういうのママにダメって言われてたから嬉しいー。皆何頼むの？」

沈黙が流れた。冬真さんは明らかに不機嫌で帽子を被《かぶ》ったまま黙っていて、私の隣に座る莉子はまだ美華さんが怖いのか、返事をしていいのか迷って口を閉じている。純平さんも手持ち無沙汰《ぶさた》なのを隠すようにメニューを何度もめくっていた。

「私は、このドリアにしようかと思っています」

私は自分を俯瞰で見られていると思う。だからこそ、自分を離れたところから冷めた目で見てしまうことが多い。今だってそうだ。同級生と食事に来るのも初めてで、純粋にはしゃぐ子でありたいと思うのに、冷めた自分がずっと冷ややかな目で見つめている。頭の片隅でこの重い空気を馬鹿らしいと思いながらも、向かいで美華さんが空気を和ませようとしているのは伝わったから、冷めた自分を何とか締め出して会話に加わる。

「つむつむ可愛い～。ドリア食べたことある？　てかファミレスとか来たことあんの？」

「実はあまり無くて、というか初めてです」

「まじ⁈　つむつむ絶滅危惧《きぐ》種じゃん」

「つむつむ……」

純平さんはあだ名がつぼに入ったのか、じんわりと笑いを堪《こら》えている。

「私はハンバーグセットにします」

莉子の振り絞った声を美華さんは興味なさそうに受け流した。また俯いてしまった莉子に、私はどうすればいいか分からなくて、心臓がきゅっと苦しくなる。

『レッスンの最初の頃に美華さんにきつく言われたのが怖くてちょっと苦手なんだよね』

『多分向こうも私のこと好きじゃないと思うし』

『皆でいるのは好きなんだけど……』

昨日の夜届いたメッセージの意味が今ようやく理解出来た。私は莉子も美華さんも好きだけど、人間関係はそうシンプルにはいかないようだ。

学校で、皆がグループを作って仲良くしているのにずっと憧れていたけど、揉《も》め事が起こる度、どうしてわざわざ面倒な人間関係に固執するのか不思議だった。今だって苦い面倒臭さが込み上げてきて、すぐにでも席を立って家に帰ってしまいたい気分だし、心の端で冷めた自分がこの関係に水を差してくる。誰かと仲良くしてこんな空気を味わうよりは、1人でいた方がマシだと冷めた自分が言う。

この間、皆で走って笑い転げてたのが嘘みたいに空気が重い。ファミレスが騒がしくて本当に良かった。注文を終えて黙ったままの私たちに美華さんは「何なの？　つまんないんだけどー」と頰を膨らませた。今日は鎖骨までの髪を外にハネさせて前髪をピンで留めていて、最近は少しずつ外を歩けるようになってきたのだと、春らしい薄黄色のアウターを着ている。

「何、皆暗くない？　もしかしてまだランク分け引きずってんの？　あんなん大して関係ないよー。せっかくだから楽しい話しようよー」

「まぁあの先生の評価は正しいとは思うし、受け入れるのは必要なんじゃない？」

真顔で言い放った純平さんを『空気が読めない』と呼ぶのだと人付き合いに疎い私でも

分かる。Aランクだった優越感がにじんでいるような言葉に、案の定、Cだった冬真さんはパーカーのポケットに手を入れて遠くを見ている。Bランクが悔しかった私からしても、気持ちの良い発言ではなかった。

「先生が正しいことを言ってるのは分かるんですけど、私はあの先生、正直ちょっと怖いです。初めてのレッスンで散々言われたし」

「正しいか？　俺はダンスだから別にどうでもいいし、あんなの意味ないだろ」

冬真さんは吐き捨てると、氷がたっぷりの水を一気に飲み「水入れてくる」と席を立った。冬真さんがいなくなってから「先生はどんな志望でも声は重要だって言ってたと思うけど」と純平さんがボソリと呟《つぶや》いたのを最後にまた沈黙が訪れる。

誰が発言しても頭の上にランクがついて回る。B、普通である、という評価は自分でも想像以上に効いているらしい。私はBを受け入れてるのに、Cを認めようとしない冬真さんの姿勢にもモヤモヤしてしまう。

オーディションに受かるためにに入ったスクールで、たまたま5人で関係を築けたのが楽しくて、でも1人なら感じなくて済んだ苛立《いらだ》ちもあって、誰かといることがこんなにも心を乱されるものだと知らなかった。

「美華は皆と仲良くなれて嬉しいよー。まぁそれもあとちょっとの関係かもだけど。友達って訳じゃないもんね？」

冗談めかした笑い声に、誰も反応出来なかった。私たちは友達でもなくて、この関係は曖昧で脆《もろ》い。妬《ねた》ましくて、羨《うらや》ましくて、私たちは一つにはなれない。初めてのファミレスで、お皿に当たるスプーンの音や、切りづらいナイフでぎぃぎぃとお肉を切り分ける音が響く。とろとろのドリアがフォークの隙間からゆっくりと零《こぼ》れていった。


冬の終わりの雨は季節を早送りさせる。カラカラだった地面に霧みたいな雨が何度も降った後には、すっかり春の空気が漂っていた。朝に鳥が鳴いてるとか、小さく咲く花とか、そういう一つ一つが嬉しくて、すこし寂しい。

『オーディションまであと1日!!』

でかでかと枠取られた文字は文化祭くらいのテンションで全く緊張感がない。

「さぁ、今日が最後のレッスンになります」

HIRO先生が一人ひとりと目を合わせる。被っていた厚手のニット帽も、今日は明るいベージュのキャップに替わっていた。鏡に映る皆が、空が、青く澄んでいる。

「スクールで皆のことを見てたのは1年だけだし、決して多くの時間を過ごしてきた訳じゃない。でも中高生の段階で何かを目指して着実に努力している皆を、俺は心から尊敬しています」

尊敬。大人から向けられることのない視線がこそばゆい。

「明日のオーディションは不安でいっぱいだと思う。それは、皆が明日に向けて気持ちを膨らませてきた証拠だから心配しなくていい」

前で冬真さんがぎゅっと握り拳に力を込めた。

「はっきり言うけど、全員が受かることなんてない。この中の誰かは確実に落ちる」

端で純平さんの肩が上がる。

「受かるのも落ちるのも、実力なのか、運なのか、それ以外の理由なのか、それは選ぶ側の誰にも分からない。ひどいよな、芸能界って。ずっと見てても訳分かんないし。芸能界だけじゃなく世の中も大して変わんないけどさ」

莉子が小さく頷いた。

「受かってもそこからがスタートだとか、そんなのは今どうでもいいことだから、そうやって水を差す奴は無視していい。受かったら全力で頑張れ。落ちた時はどん底まで落ち込むだろうけど、いつか思い出してほしい。そこはお前の居場所じゃなかったってだけだ。スターターズは確かにデカい事務所だけど、思ってるより大したことないかもしんないよ」

怒られちゃうかな？　と肩をすくめて口角を上げる。そしてトーンを落として静かに告げた。

「俺も含め大人は好き放題言うけど、その責任を取るのは自分自身だ。夢を追いかけても諦めても、どこにいることを選ぼうが、全部自分の責任。どんどん責任が増えるのが大人になるってことなんだと思う」

責任。ずしんと重い石みたいな響き。「責任多いし家賃高《たけ》えよー」という先生の声に笑いが起こった。

「ま、難しいだろうけど気楽に！　今まで練習してきたことはどんなメンタルでも勝手ににじみ出るからだいじょーぶ」

パンと手を叩くと、何度も通ってきたスタジオに戻る。

「じゃ、いつものやってくよー」

はい！　その希望に影が差さないよう大声を出す。油断すると泣き出しそうな心に気づかない振りをして、必死に手を伸ばす。私の居場所はどこにあるんだろう。明日、それが決まる、かもしれない。そわそわと漂う空気は緊張だけじゃない。時計の針がいつもより早く進んでいるように感じて、止まってほしいような、早く明日になってほしいようなごちゃ混ぜの気持ちだった。

スクールの上にあるカフェに来られるのもこれが最後だ。そして明日のオーディションに来ない美華さんに会うのも、今日で最後になる。冬は当たり前にホットを頼んでいたのに、もうカップには氷が浮いていて、陽射しも3月後半の陽気を漂わせていた。

「いよいよ明日だなー」

元気が出るから、と冬真さんは今日もオレンジのトレーナーを着ている。何の疑いもないその色は確かに見てる方も微笑ましい気持ちになる。

「皆、本当に頑張ってね」

美華さんは最近初めて飲んだというカフェラテにハマっているらしい。相変わらず純平さんは1人でスマホを見ているけど、今日も誰よりも早くカフェに着いていた。

「楽しかったなぁ、スクール。私入ってよかったです。最初は怖かったけど……」

「美華がビビらせてごめんな」

「は？　それ言うなら冬真も、あと純平だって態度ひどかったよねー」

突然の流れ弾に、え?!　と慌ててスマホから顔を上げる。冬真さんが美華さんに小突かれるいつもの流れに、最近純平さんも加わった。わいわいと騒ぐ皆を私は見守っているだけだけど、声を上げて笑える毎日が幸せだった。

「もしオーディションが終わっても……」

莉子は途中で口を閉じてしまったけど、きっと私と同じことを考えている。オーディションが終わってもまた会えるかな？

誰かが受かったらその分誰かが落ちて、全員が受かることはない。落ちた時、受かった人と一緒に笑い合えるとは思えない。それに美華さんだっている。友達ではない私たちが5人で集まるのもきっと今日で最後だろう。

「俺たち、明日が終わればどうなってるのかな」

冬真さんがポツリとこぼしたのをきっかけに余計にしんみりしてしまい、皆で遠く外を眺めた。少しだけ空が近くて、ぽたぽたと絵の具をこぼしたように淡い雲が漂っている。雲の行き着く先は誰にも分からない。

明日に備えて早めに解散して、てくてくと歩く。別れる時も特別なことはなくあっさりしていて、「バイトある！」と冬真さんが走って行った。

「ねぇ、莉子」

ん？　と振り向いた莉子はパステルピンクの春らしいアウターを羽織っていて、やっぱり淡い色が似合う。

「何でもない」

何それ、と垂れ目をもっと下げて莉子は笑顔を作る。明日からもうこの笑顔は見られないかもしれない。初めて連絡先を交換したり、皆でファミレスに行ったり、楽しくて、面倒で、あんな微妙な空気はもう懲り懲りだ。誰かと一緒にいたいと願う自分は馬鹿だと、冷ややかなもう1人の自分も叫んでいるけど、

「つむぎちゃん見て。桜、もうすぐ咲きそうだよ」

くしゃくしゃになる笑顔も、嬉しいと高くなる声も、すぐに泣きそうになる姿も、これからも見ていたいと思った。

「もう春だね」

目を閉じると淡い光がやさしくまぶたを透ける。私はしあわせだ。たまたま莉子が現れて、運良く一緒にいることが出来た。

「ねえ、莉子」

でも、あの時一歩踏み出したのは紛れもない自分自身だ。

「莉子、今度桜見に行こう」

桜だけじゃない。次の紅葉は莉子と一緒に見たい。きっと、自分から誘いにいこう。

エピローグ

Epilogue

いつも目覚ましが鳴ってもベッドの中でゴロゴロして気づいたら二度寝してるのに、今日は目覚ましより先に目が覚めた。枕元のスマホに手を伸ばすと『つむぎちゃんどうしよう、緊張で寝れない!!』なんてメッセージが深夜2時に送られてきていた。莉子らしくてつい笑ってしまう。通知で起こすと悪いから返信は後にして、カーテンを開け放つ。ここ数年閉め切ったままだったカーテンレールは、嬉《うれ》しそうに軽やかに動いてくれる。秋になると紅葉で赤く染まる木は今は寒々としているけど、窓の前までのびた枝にはほんのりとピンクの芽が萌《も》えていた。

いつも通り顔を洗って、お味噌汁《みそ》と卵かけご飯を食べたけど、緊張のせいか、「前に車に乗せた美華ちゃんも一緒に受かるといいね」なんて声をかけてきたお父さんのせいか、お腹が苦しくなった。無難な白いブラウスと、莉子が可愛いと褒めてくれた赤いチェックのスカートを穿《は》いて、オーディションへ向かう。

オーディションは発表会に使うような小規模なホールを借り切って行われる。会場前は親と一緒に来た子たちも多く、希望いっぱいの瞳《ひとみ》が並んでいた。先に入ったのか莉子たちの姿は見当たらない。いざオーディションを前にすると鼓動がはち切れそうなほど高鳴る。気分が悪くなるほどの緊張がむしろ心地好《よ》くて、昂《たかぶ》る自分を抑えるため大きく息を吸って会場内へと歩みを進めた。春の匂いを含んだ風が柔らかく背中を押してくれる。

真っ赤なシャツを着て普段より髪を遊ばせた冬真さん、仕立ての良い白いワイシャツと黒のパンツできっちりと決めた純平さんとすれ違ったけど、視線を交わしただけで何も話さなかった。薄暗い舞台袖《そで》で、用意されたパイプ椅子に座って待機する17人全員が、普段の騒がしさが嘘みたいに誰も声を出さなかった。お互いの応援をしながら、お互いの失敗を願う。その間で交わすべき言葉など無いだろう。膝《ひざ》の上で手を組んで、ただじっと自分の名前を呼ばれる瞬間を待った。

袖から見るステージは客席から見た時よりずっと明るく見える。いくつもぶら下げられた照明が、色んな角度から未来を照らしていた。もう、オーディション中に泣き声が響いていた小さい頃とは違う。

まだ怖い。私を嫌った視線は今でも付き纏《まと》うし、また同じ目に遭うことも考えない訳ではなかった。

舞台の上ではマリさんがオーディションの説明をしている。マリさんだけじゃなく、普段見る大人たちがきちんとボタンを留めてスーツを着ている姿に、本番なんだとより実感させられる。客席の中央には同じくスーツを着た、スターターズ事務所の審査員が並んでいて、他の小さな事務所からも人が見に来ているとさっき説明を受けた。マイクを通した声が反響して何だか現実味がない。近くにいたスタッフに声をかけられ、名前を呼ばれた子が案内されていった。

　ステージで自己紹介をする声が遠く聞こえる。冷房の利いたステージ袖はひんやりと暗い。じっと膝の上の拳《こぶし》を見つめていると、恐怖が膨らんでいった。合格しても私の居場所じゃなかったら？　そもそも合格出来なかったら？　夢に期待を抱くなんて馬鹿みたい。どうせ私は可哀想なままだ。冷めた自分が背後から、希望に燃える心に水を差してくる。

「つむぎちゃん、頑張ろうね」

　先に呼ばれた莉子が、私の前を通る時にそっと囁《ささや》いた。顔を上げた時にはもう、莉子は遠く手の届かないところを歩いていた。いつもはストレートなのに、今日はふんわりと巻いた柔らかい黒髪。真っ直ぐで綺麗な背中。その背中が光の中に溶け込んでいく。

　負けたくない。皆にも、あいつにも、莉子にも。私は自分を変えたくて、演技がしたくてここに来た。可哀想なままでは終わらない。冷静なふりをしてビビっている自分なんて、この闇の中に置いていくんだ。

私の居場所はここじゃない。何か運命的な出会いがあって、夢中になれる何かを見つけて、ずっとそこにいてもいいと思えるような居場所が、きっといつか見つかる。

ずっとそう思って救われてきたけど、そうじゃなかった。私の居場所なんて、私のための居場所なんてどこにもない。

いつだって、もしかしたらもっといい居場所があるかもしれないと思ってしまうし、本当にここが私にとって1番の居場所かなんて神様でもなきゃ分からない。莉子や皆といたのは短い時間だったけど、初めて誰かといるのが楽しくて幸せだった。そんな場所でも面倒に思う日や投げ出したくなる日もあって、ずっとそこにいてもいいと思える居場所なんて、多分この世の中のどこにもない。運命的な出会いや、夢中になれる何かも、ある日突然舞い降りたりはしない。ただ今日も明日も、昨日と同じ自分がいるだけ。環境が変わってもそれは変わらない。自分自身が一歩踏み出すかどうかだけ。

「岸つむぎさん、お願いします」

くぐもった声で名前が呼ばれる。水の中みたいに感覚の全てが遠い。立ち上がると、自分の息遣いだけが耳元で聞こえた。

出番を終え、眩《まぶ》しい光の中から戻ってくる莉子とすれ違いざまに視線を交わす。私は幕の先へ、一歩踏み出した。

オーディションが、始まる。

安部若菜（あべ　わかな）
2001年７月18日生まれ、大阪府出身。2018年１月、NMB48に合格。“100通りの楽しみ方ができるアイドル”として、小説、落語、投資と様々なジャンルで積極的に活動の場を広げている。2022年11月にアイドルとオタクの恋愛と成長を描いた小説『アイドル失格』を刊行し、小説家デビュー。同書はドラマ化やコミカライズされ、注目を集めた。

本書は書き下ろしです。

私《わたし》の居場所《いばしょ》はここじゃない

2024年12月６日　初版発行

著者／安部若菜《あべわかな》

発行者／山下直久

発行／株式会社KADOKAWA
〒102-8177　東京都千代田区富士見2-13-3
電話　0570-002-301(ナビダイヤル)

印刷所／旭印刷株式会社

製本所／本間製本株式会社

ISBN 978-4-04-115286-7　C0093